DIE KNICKERBOCKER BANDE

Thomas Brezina

DER EISKALTE TROLL

Krimiabenteuer Nr. 29

Mit Illustrationen von Jan Birck

Ravensburger Buchverlag

DIE KNICKERBOCKER BANDE

STECKBRIEFE

HALLO,
ALSO HIER MAL IN KÜRZE
DAS WICHTIGSTE ÜBER UNS:

POPPI

NAME: Paula Monowitsch
COOL: Tierschutz
UNCOOL: Tierquäler, Angeber
LIEBLINGSESSEN:
Pizza (ohne Fleisch,
bin Vegetarierin!!!)
BESONDERE KENNZEICHEN:
bin eine echte Tierflüsterin –
bei mir werden sogar Pitbulls
zu braven Lämmchen

DOMINIK

NAME:
Dominik Kascha
COOL: Lesen, Schauspielern
(hab schon in einigen Filmen und
Theaterstücken mitgespielt)
UNCOOL: Erwachsene, die einen bevormunden
wollen, Besserwisserei (außer natürlich, sie kommt
von mir, hähä!)
LIEBLINGSESSEN: Spaghetti
(mit tonnenweise Parmesan!)
BESONDERE KENNZEICHEN:
muss immer das letzte Wort haben und kann so
kompliziert reden, dass Axel in seine Kappe beißt!

AXEL

NAME: Axel Klingmeier
COOL: Sport, Sport, Sport (Fußball und vor allem Sprint, bin Schulmeister, habe sogar schon drei Pokale gewonnen)
UNCOOL: Langweiler, Wichtigtuer
LIEBLINGSESSEN: Sushi … war bloß'n Witz (würg), also im Ernst: außer Sushi alles! (grins)
BESONDERE KENNZEICHEN: nicht besonders groß, dafür umso gefährlicher (grrrrrr!)

LILO

NAME: Lieselotte Schroll (nennt mich wer Lolli, werde ich wild)
COOL: Ski fahren, Krimis
UNCOOL: Weicheier, Heulsusen
LIEBLINGSESSEN: alles, was scharf ist, thailändisch besonders
BESONDERE KENNZEICHEN: blond, aber unheimlich schlau (erzähl einen Blondinenwitz und du bist tot …)

Bibliografische Information der Deutschen Nationalbibliothek:

Die Deutsche Nationalbibliothek verzeichnet diese Publikation
in der Deutschen Nationalbibliografie.
Detaillierte bibliografische Daten sind im Internet
über *http://dnb.d-nb.de* abrufbar.

1 2 3 4 5 13 12 11 10 09

Umschlagillustration: Jan Birck
Printed in Germany
ISBN 978-3-473-47153-9

www.ravensburger.de
www.thomasbrezina.com
www.knickerbocker-bande.com

INHALT

DER SCHWIMMENDE GRABSTEIN

„Seht ihr die eckige schwarze Boje, die vom Eis eingeschlossen ist?“, fragte Björn.

Die vier Knickerbocker Lilo, Axel, Poppi und Dominik nickten.

Der junge Norweger senkte geheimnisvoll die Stimme: „Das ist ein Grabstein. Ein schwimmender Grabstein!“

Die Knickerbocker-Freunde standen auf dem dicken Eis eines großen Sees in Norwegen. Obwohl es erst kurz nach zwei Uhr am Nachmittag war, dämmerte es bereits. Der Schnee fiel in dicken Flocken vom Himmel.

„Traut ihr euch denn näher heran?“, wollte Björn wissen.

„Natürlich! Oder wird uns dieser schwimmende Grabstein beißen?“, witzelte Axel.

Björn grinste: „Das nicht, aber vergiss eines nicht, Axel! Auf dem Grund des Sees liegt ein Toter!“

Poppi schüttelte sich. Dominik verzog wütend den Mund. „Björn, spar dir deine Schauergeschichten und erklär uns lieber, was es mit dem schwimmenden Grabstein auf sich hat!“

Schritt für Schritt ging die Bande mit dem jungen Norweger auf die Boje zu. Das Ding war fest von der Eisdecke umschlossen.

„Auf den Tag genau vor einem Jahr hat sich an dieser Stelle etwas Entsetzliches abgespielt“, erzählte Björn. „In der Nähe liegt eine kleine Insel. Auf ihr steht ein Bauernhof, der dem Bauern Gustavson gehörte. Herr Gustavson lebte dort mit seiner Frau und seinen Söhnen Lars und Eric. Lars ist ein besonders sanfter, stiller Bursche. Eric aber sieht aus wie ein echter Wikinger. Er hat rotes Haar und einen wilden Bart. Er tut immer nur das, was er will, und er ist gierig und gemein!“

Björn erzählte so spannend, dass ihm die Knickerbocker wie gebannt zuhörten.

„Es geschah also am ersten Dezember des vergangenen Jahres, als Gustavson am Abend mit seinem Hundeschlitten in die Stadt fahren wollte. Frau Gustavson lag krank im Bett und brauchte Medikamente. Kaum war der Bauer fort, stürmte Eric ins Haus. Er brüllte, dass er auf der Stelle seinen Vater sprechen wolle.

Frau Gustavson erklärte ihm, dass der Vater in die Stadt unterwegs sei. Eric verließ seine Mutter. Wenige Minuten später hörte die Bäuerin, dass ihr Mann lang und gequält aufschrie. Die Hunde bellten wie in höchster Not, und es dauerte nicht lange, da tauchten die Tiere mit durchgeschnittenen Zugriemen vor dem Haus auf – ohne Schlitten.

Frau Gustavson schleppte sich ins Freie, auf den zugefrorenen See hinaus. Sie rief nach ihrem Mann und nach Eric, aber sie erhielt keine Antwort. Doch dann entdeckte sie die Lampe, die der Bauer bei sich gehabt hatte. Sie lag neben dem großen Loch, das er am Vortag ins Eis geschlagen hatte, um Fische zu fangen. Rund um die Öffnung war der frisch gefallene Schnee ganz nass. Das bedeutete, …“

„… dass etwas ins Wasser gefallen oder aus dem Wasser gekommen war“, setzte Lilo fort.

Björn nickte. Die Knickerbocker-Bande war mittlerweile bei dem schwimmenden Grabstein angelangt und Björn wischte den Schnee von dem weiß lackierten Blech: Eine schwarze Inschrift kam nun zum Vorschein.

„Das war noch nicht alles“, fuhr er fort. „Der Schlitten steckte im Eisloch wie ein Korken in einer Flasche. An den Spuren im Schnee konnte die Bäuerin erkennen, dass ein heftiger Kampf stattgefunden hatte. Sie rang verzweifelt die Hände und schaffte es nur mit letzter Kraft, zum Bauernhaus zurückzukehren, wo sie sich einschloss und zusammenbrach. Zu schrecklich war der Verdacht, der ihr gekommen war.“

„Du meinst“, fragte Axel, „Eric hat seinen Vater in das kalte Wasser gestoßen und dann den Schlitten so in das Eisloch gerammt, dass Gustavson nicht mehr hochkommen konnte und ... und ... ertrunken ist?“

Björn nickte. „Es gibt kein Telefon auf dem Bauernhof, und erst am nächsten Tag kam der andere Sohn, Lars, nach Hause. Er arbeitete nämlich in Trondheim bei der Post und hatte dort ein kleines Zimmer. Er fand seine Mutter völlig entkräftet vor und ließ sie sofort ins Krankenhaus bringen. Danach musste er etwas Grauenhaftes tun. Er ging zur Polizei, um seinen eigenen Bruder anzuzeigen.

Eric, der Bootsbauer ist, wurde festgenommen.

Er behauptete, dass er ein Alibi für die fragliche Zeit habe und nie bei seiner Mutter gewesen sei. Ein Mädchen namens Lisa sei angeblich den ganzen Abend über mit ihm in seinem Blockhaus neben der Bootswerkstatt gewesen. Doch die Polizei konnte diese Lisa nicht finden, weder in Erics Haus noch unter der Wohnadresse, die der Beschuldigte angab."

Poppi schüttelte fassungslos den Kopf und murmelte: „Das kann ich alles nicht glauben! Warum tut jemand so etwas?"

Björn hatte eine Erklärung: „Eric brauchte Geld. Er war pleite und hoffte, den Hof zu erben. Außerdem hat er sich mit seinem Vater nie gut verstanden. Sie stritten häufig und redeten dann über Wochen kein Wort miteinander. Eric wurde vor Gericht gestellt und zu dreißig Jahren Gefängnis verurteilt. Er selbst hat die grausame Tat nie gestanden und stets seine Unschuld beteuert."

Dominik deutete auf den schwimmenden Grabstein und fragte: „Was steht da eigentlich?"

Björn übersetzte es für die vier Freunde: „An dieser Stelle verlor ich meinen geliebten Vater. Möge der Grabstein daran erinnern, zu welch schrecklichen Taten Menschen durch Hass und Gier fähig sind. Eric, trotzdem vergebe ich dir! Unterschrift: Lars."

Die Knickerbocker senkten die Köpfe. Der Gedanke an das Verbrechen, das an diesem Ort verübt worden war, machte sie traurig.

Hier auf dem See war es gespenstisch ruhig. In einiger Entfernung war der blasse Schein eines erleuchteten Fensters zu sehen. Es musste zum Bauernhof gehören. Björn erzählte den Knickerbockern, dass die arme Frau Gustavson jetzt die meiste Zeit völlig allein war.

Ein Keuchen und Knirschen durchbrach die Stille. Es klang, als ob jemand Schlittschuh lief und dabei heftig atmete. Aber Schlittschuhlaufen war doch auf dem verschneiten Eis unmöglich!

Stumm deutete Axel in die Richtung des Bauernhofs. In der Dämmerung erkannten die vier Freunde eine gebückte Gestalt, die auf Langlaufskiern auf das niedrige Gebäude zuglitt. Wer war das?

Björn packte Lilo am Arm und flüsterte ihr ins Ohr: „Das kann nicht Lars sein. Er wohnt jetzt in Oslo, viel weiter im Süden. Doch außer ihm darf niemand den Bauernhof betreten. Frau Gustavson duldet seit dem Tod ihres Mannes keinen anderen Menschen mehr um sich."

Lilo blickte Björn entsetzt an. „Du … ich habe ein ungutes Gefühl! Da stimmt etwas nicht. Wir sollten nachsehen!“

Die Knickerbocker ließen die dunkle Gestalt keine Sekunde aus den Augen. Der Skifahrer war mittlerweile bei der Insel angekommen und ging an

Land. Schnell verschwand er zwischen den schwarzen Stämmen der Bäume. Erst als er vor dem erleuchteten Fenster auftauchte, konnten sie ihn wieder ausmachen. Mit dem Ellbogen schlug er die Scheibe ein und schwang sich mit einem Satz ins Haus.

„Schnell, wir müssen Frau Gustavson helfen! Das ist ein Einbrecher!", rief Lilo.

Björn ballte die Hände zu Fäusten. „Das kann nur einer sein! Dafür kommt sonst niemand infrage!", stieß er hervor.

DER EISKALTE TROLL

„Das ist also Eric!“, flüsterte Lilo.

Poppi zuckte zusammen. „Aber … der … der sitzt doch im Knast!“, piepste sie.

„Ich denke, er ist ausgebrochen, anders kann ich mir sein unvermutetes Erscheinen nicht erklären!“, sagte Dominik, der die einfachsten Dinge gerne besonders kompliziert ausdrückte.

„Schnell! Eric ist sicher nicht ohne Grund zurückgekommen. Nach Björns Aussage ist er zu allem fähig. Kommt! Aber kein Wort mehr, er darf uns nicht bemerken!“, wisperte Lilo, das Superhirn der Bande.

Geduckt stapften die Knickerbocker über den See. Der Schnee knirschte unter ihren Stiefelsohlen.

Sie keuchten vor Aufregung und ihr heißer Atem stieg wie kleine Rauchwolken auf. Vorsichtig näherten sie sich dem Ufer und kletterten an Land. Sie huschten von Baumstamm zu Baumstamm und tasteten sich an das Haus heran.

Durch das zerbrochene Fenster drangen Stimmen. Eine Frau jammerte kläglich – das konnte nur Frau Gustavson sein! Eine sehr tiefe Männerstimme redete abgehackt auf sie ein.

Obwohl die fünf Freunde noch mindestens zehn Schritte von dem rot gestrichenen Bauernhaus entfernt waren, konnten sie alles genau beobachten.

Im schwachen Kerzenlicht eines Deckenleuchters sahen sie die Witwe. Sie saß in einem Schaukelstuhl vor dem offenen Kamin und hielt ihr Strickzeug an die Brust gepresst. Hinter ihr stand hoch aufgerichtet ein bulliger Mann mit langem, verfilztem rotem Haar und einem buschigen Bart, der fast sein ganzes Gesicht bedeckte. Er hatte der Frau ein großes Küchenmesser an die Kehle gesetzt.

Björn übersetzte für die Detektive, was Eric seiner Mutter zuzischte.

„Ich bin zurück und will es endlich wissen!"

Die Bäuerin war so verängstigt, dass sie kein Wort über die Lippen brachte.

„Erzähl es mir noch einmal … wie Vater es immer getan hat … erzähl mir die Geschichte vom Eiskalten Troll!“, übersetzte Björn Erics barsche Befehle.

Axel, Lilo, Poppi und Dominik warfen einander ratlose Blicke zu. Der Mann schien durchzudrehen. Warum bedrohte er seine Mutter, wenn er ein Märchen hören wollte?

Axel wurde unruhig und flüsterte: „Sollen wir nicht versuchen, ihr zu helfen?“

Lilo zeigte ihrem Kumpel den Vogel und fauchte: „Du spinnst ja! Hältst du dich für den Terminator? Eine falsche Bewegung und dieser Wahnsinnige schneidet seiner Mutter die Kehle durch! Wir bleiben hier und warten ab. Falls er ihr wirklich etwas tut … dann … greifen wir ein … Auch wenn ich nicht weiß, wie!“

Jetzt begann Frau Gustavson zu sprechen, und zwar so, als würde sie einem kleinen Kind eine Gutenachtgeschichte erzählen.

„Es war einmal ein Troll, der war einsam und allein. Er dachte, dass ihn keiner lieb hatte, weder seine Mutter noch sein Vater noch seine Geschwister. Er wollte immer etwas Besonderes sein, doch er fühlte sich mit seinem grünen Haar und seinen roten Augen wie ein gewöhnlicher Troll. Es gab aber ein Trollmädchen mit blauem Haar, das mochte ihn sehr. Für dieses Mädchen war der Troll etwas Besonderes. Das sagte es ihm in einer lauen Mittsommernacht, wenn die Sonne bis spät in die Nacht das Land erhellt. Der Troll konnte dem Mädchen nicht glauben und ging fort, um sein Glück im hohen Norden zu versuchen.

Viele Jahre lang wanderte der Troll über Berg und Tal und fuhr als blinder Passagier von Fjord zu Fjord. Und seine Gedanken waren vom Wunsch nach Reichtum erfüllt. Eines Tages entdeckte er in einem Berg eine Höhle aus Eis, und als er sie erforschte, fand er einen großen Schatz. Doch wie sollte er ihn wegschaffen? Er bot alle seine Kräfte auf, aber der Schatz war nicht aus der Höhle zu entfernen. Mit dem Troll geschah nun eine geheimnisvolle Veränderung: Er erstarrte nach und nach zu Eis, zuerst seine Beine, dann sein Bauch und später die Arme. Als schließlich auch sein Kopf vereiste, verwandelten sich seine Augen in Rubine, so groß wie Möweneier."

Frau Gustavson machte eine Pause. Sofort drückte ihr Eric das Messer an die Kehle. Mit weinerlicher Stimme fuhr die Frau fort:

„Der Troll wusste nicht, dass ihm das Trollmädchen gefolgt war. Es hatte lange nach ihm gesucht und kam ihm eines Tages auf die Spur. Es entdeckte den Eiskalten Troll mit den Rubinaugen in der Höhle und umarmte ihn. Dabei begann es heftig zu schluchzen, und als seine Tränen den armen Troll berührten, geschah ein Wunder. Der Troll konnte aus seiner eisigen Hülle schlüpfen und sein Mädchen in die Arme schließen. Die Eishülle mit den Rubinaugen aber blieb in der Höhle zurück.

Jetzt endlich erkannte der Troll, dass Geld und Edelsteine nicht wichtig waren. Schon immer war er etwas Besonderes gewesen. Wäre ihm sonst sein Mädchen so weit gefolgt?

Die beiden verließen die Höhle und kehrten in den wärmeren Süden zurück, wo sie glücklich lebten. In der Eishöhle bewacht bis zum heutigen Tag der Eiskalte Troll einen großen Schatz. Und nur derjenige soll ihn finden, der damit vielen Menschen Gutes tun möchte."

Beim letzten Wort brach die alte Bäuerin in Tränen aus. Sie weinte laut vor sich hin und schnäuzte sich in ihre Schürze.

In diesem Moment fegte ein Windstoß durch das zerbrochene Fenster und blies die Kerzen aus. Nun erhellte nur noch das flackernde Licht des Kaminfeuers den Raum.

Eric drohte abermals mit der scharfen Klinge und knurrte: „Rede, Mutter, wenn dir dein Leben lieb ist! Sprich! Vater hat uns diese Geschichte aus einem bestimmten Grund erzählt. Wo liegt der Schatz? Sag es mir!“

Die Frau zitterte am ganzen Körper. „Diese Antwort hätte dir nur dein Vater geben können, den du … den du … umgebracht hast!“

Eric schien wütend zu werden. Er bäumte sich auf und spannte die Muskeln seines mächtigen Oberkörpers an. Der Schatten, den er an die Wand und die Zimmerdecke warf, wurde beängstigend groß.

„Ich frage dich zum letzten Mal: Wo finde ich diese Rubine? Wo ist der Schatz? Vater hat es gewusst, und du weißt es auch! Sag es, sonst … sonst …“, Eric lachte böse, „… sonst siehst du Vater bald wieder!“

Axel reichte es jetzt. Er konnte nicht mehr einfach nur zusehen und abwarten. Der Mann wollte seine eigene Mutter umbringen. Das durfte nicht geschehen! Er streifte seine Handschuhe ab und fuhr in die tiefen Taschen seiner Jacke. Er hatte die

Angewohnheit, immer eine Menge Krimskrams bei sich zu tragen. Vielleicht stieß er ja auf etwas Nützliches.

Hinter den Knickerbockern knirschte es. Lilo und Poppi griffen fast gleichzeitig nach ihren Taschenlampen und leuchteten in die Nacht. Nur mit Mühe unterdrückten sie einen Aufschrei.

AXEL KOMMEN ZWEIFEL

Nur einen Steinwurf von Björn und den vier Detektiven entfernt kauerte ein grässliches Wesen. Es hatte ein zottiges Fell, das seinen ganzen Körper bedeckte. Weder Arme noch Beine noch der Kopf waren zu sehen. Das Zottelwesen bewegte sich. Es rollte zur Seite und kullerte den kleinen Abhang zum Ufer hinunter.

Lilo nahm ihren ganzen Mut zusammen und lief ihm nach. Auch wenn sie sich nicht zu nahe heranwagen wollte, musste sie doch feststellen, was das für eine Kreatur war.

Der Strahl ihrer Taschenlampe war allerdings nicht stark genug, um das Wesen ausreichend zu beleuchten. Als es auf dem Eis landete und flüchtete, schien es sich auf allen vieren fortzubewegen. Für einen Augenblick kam Lilo ein Gedanke, der sie stutzig machte. Zum Nachdenken blieb aber keine Zeit. Sie mussten jetzt eingreifen und die alte Bäuerin vor ihrem verrückten Sohn retten.

Axel hatte inzwischen in seiner Jackentasche genau das Richtige entdeckt: eine Steinschleuder. Er bückte sich und hob einen größeren Kiesel auf. Nachdem er den Stein auf das Schleudergummi gelegt hatte, zielte er durch die zerbrochene Scheibe auf Erics Kopf und schoss.

Bruchteile einer Sekunde später schrie der Mann auf und fasste sich an die Schläfe. Dabei entglitt ihm das Messer. Während er sich danach bückte, rannte Björn mit einem lang gezogenen Schrei los und stürmte zum Fenster. Als Eric ihn kommen sah, packte er einen Stuhl und schleuderte ihn dem Burschen entgegen. Björn schaffte es gerade noch auszuweichen.

Im Haus polterte und krachte es, Frau Gustavson kreischte verzweifelt und eine Tür fiel mit einem lauten Knall zu. Björn beugte sich durch das zerbrochene Fenster in die Stube. Er redete beruhigend auf die Bäuerin ein, die mit ihren Nerven völlig am Ende war.

Die Knickerbocker sahen, wie Eric nach draußen rannte und das Weite suchte.

„Nicht verfolgen!“, warnte Björn. „Der Mann ist gefährlich. Wahrscheinlich hat er sogar eine Waffe. Ihr bleibt da! Spielt bitte nicht die Helden!“

Dazu hatten die vier Freunde ohnehin keine Lust. Sie betraten das Holzhaus durch die weiße Eingangstür und gingen zu Frau Gustavson. Die Stube hatte eine niedrige Decke und war sehr gemütlich. Alle Möbel waren aus hellem Holz gezimmert und wirkten freundlich.

Björn kniete sich vor die Witwe hin, die ihn verwirrt anstarrte, und redete beruhigend auf sie ein. Wahrscheinlich erklärte er ihr, wer er war.

Die Bäuerin sah ihn lange durch ihre dicken Brillengläser an und schien ihn schließlich zu erkennen. Wie um Schutz zu suchen, tastete sie nach seiner Hand und drückte sie fest.

„Wir müssen sie fortbringen“, beschloss Björn. „Eric könnte zurückkommen, und dann muss Frau Gustavson in Sicherheit sein.“

Auf Norwegisch wechselte er einige Worte mit ihr, bevor er sich an die Knickerbocker wandte. „Im Stall steht ein alter Hundeschlitten. Wir werden Frau Gustavson hineinsetzen und den Schlitten

selber ziehen. Seit dem Tod ihres Mannes hat sie keine Hunde mehr.“

Am Boden lag ein in Leder gebundenes Buch. Die Ränder der Seiten waren vergilbt. Das Büchlein schien sehr alt zu sein. Lilo hob es auf und hielt es der Frau entgegen, die es aber nicht nehmen wollte. Sie machte eine abwehrende Bewegung und gab Lilo zu verstehen, dass sie es einstecken möge. Erstaunt ließ Lilo das Buch unter ihre Jacke gleiten und half dann, den Hundeschlitten aus dem Stall zu tragen.

Es war kurz vor vier Uhr am Nachmittag und bereits stockfinster, als die Knickerbocker mit dem Schlitten bei dem Blockhaus ankamen, das Björns Vater bewohnte. Das Haus stand etwas außerhalb von Trondheim auf einem dicht bewaldeten Hügel. Es war von hohen Tannen umgeben, die zum Teil nur einen Meter von den Hauswänden entfernt standen. Das ist typisch für Norwegen, wo Bäume als „lebende Gardinen“ verwendet werden.

Björns Vater hieß Edvard Borten und war Filmregisseur. Gemeinsam mit Dominiks Eltern plante er gerade einen neuen Film. Für eine lange Arbeitsbesprechung hatte er die Kaschas in sein Blockhaus nach Norwegen eingeladen. Damit es für ihn nicht langweilig werden würde, hatte Dominik durchgesetzt, dass seine Knickerbocker-Freunde mitkommen durften.

Die Aufregung im Hause Borten war groß, als die Freunde berichteten, was sie erlebt und beobachtet hatten. Herr Borten telefonierte sofort mit der Polizei, die ihm bestätigte, dass Eric Gustavson aus dem Gefängnis ausgebrochen war.

„Lars ... Lars!“, stammelte die erschöpfte Bäuerin, die in der Ecke auf einem Sessel kauerte.

Frau Borten gab ihr ein Beruhigungsmittel und brachte sie in ihr Schlafzimmer. Björn setzte sich ans Telefon und versuchte, den zweiten Sohn der Gustavsons zu erreichen.

Von der Auskunft erfuhr Björn seine Telefonnummer, die er sofort wählte. Am anderen Ende der Leitung meldete sich eine helle, nett klingende Frauenstimme. Es war Lisa, die Freundin von Lars. Sie nahm die Nachricht entsetzt entgegen und versprach, Lars sofort zu verständigen. Er arbeitete noch, sollte aber in spätestens einer Stunde nach Hause kommen. Sie würden sich dann sogleich auf den Weg machen und nach Trondheim kommen.

„Um euch wieder zu beruhigen und etwas zu entspannen, geht ihr am besten in die Sauna“, schlug Herr Borten vor.

„Machen wir“, antwortete Björn. „Aber wir Männer wollen unter uns sein!“

Frau Borten versetzte ihrem Sohn einen freundschaftlichen Stoß und meinte: „Wir Frauen trinken jetzt eine Tasse heiße Schokolade und betreten die Sauna erst, wenn sie von euch gut vorgeheizt und frisch geputzt worden ist!“ Beim Wort „putzen“ verdrehten Björn und die beiden Knickerbocker-Kumpel die Augen.

Axel und Dominik waren bereits zweimal in der Sauna gewesen, die an das Blockhaus der Bortens angebaut war. Vor dem ersten Versuch hatten sie nicht wirklich verstehen können, warum sich jemand freiwillig splitternackt in eine Holzkabine hockt, in der die Lufttemperatur um die hundert Grad beträgt, und dann auch noch ins Freie stürzt, um sich im Schnee zu wälzen.

Der erste Besuch in der „Schwitzkammer“ hatte die Knickerbocker allerdings begeistert. Nach der Hitze prickelte der Schnee herrlich auf der Haut und ein angenehm warmes Gefühl breitete sich im ganzen Körper aus. Das war im eisigen norwegischen Winter etwas sehr, sehr Wichtiges!

„In Oslo gibt es sogar im Parlament eine Sauna, in der die Politiker schwitzen“, erzählte Björn. „Angeblich macht sie die Hitze ganz sanftmütig und sie können dann am besten miteinander reden. Viele behaupten, in der Sauna oder danach die besten Ideen zu haben."

Axel wischte sich den Schweiß von der Stirn. Er konnte sich das sehr gut vorstellen. In der glühenden Luft der Sauna schien die Zeit stillzustehen.

Die Geschichte vom Eiskalten Troll ging Axel aber nicht aus dem Kopf. Für Eric beschrieb sie allem Anschein nach den Weg zu irgendwelchen Reichtümern. Offenbar hatte er seinen Vater zwingen wollen, ihm das Geheimnis, das hinter der alten Erzählung steckte, zu verraten. Aber dieser hatte ihm keine Antwort gegeben. Und deshalb hatte er sterben müssen …

Axel stutzte. Da war etwas nicht logisch. Eric war zwar wild und unbeherrscht, aber warum hätte er seinen Vater im See ertränken sollen, wenn ihm dieser nicht alles erzählt hatte? Das ergab doch überhaupt keinen Sinn. Welcher wahre Kern steckte in der Sage vom Eiskalten Troll?

„Los, raus in den Schnee!", rief Björn und unterbrach Axels Grübeleien.

Die Abkühlung würde ihm jetzt betimmt guttun, vielleicht brachte sie sogar seine Gehirnzellen auf Touren. Er beneidete Lilo, die schon bei so vielen Abenteuern der Knickerbocker-Bande Antworten auf rätselhafte Fragen gefunden hatte. Falls sich die Sache mit dem Eiskalten Troll zu einem neuen Fall entwickelte, wollte er diesmal die Nase vorn haben.

„HALLO, LARS!"

Lilo saß mit Frau Borten und Frau Kascha in der Küche des Blockhauses und schlürfte heiße Schokolade. Poppi hockte neben dem schweren Ofen aus Eisen, um sich aufzuwärmen. Aber ihr blieb kalt. Wahrscheinlich waren es auch die schrecklichen Gedanken, die sie zum Frösteln brachten.

„Da draußen läuft ein entflohener Sträfling herum", sagte sie leise. „Er ist gefährlich und unglaublich brutal. Er gehört so schnell wie möglich zurück in den Knast!"

Frau Borten blickte das Mädchen voller Mitgefühl an. „Du brauchst keine Angst zu haben!", beruhigte sie Poppi. „Wir sind alle bei dir, und Eric kommt bestimmt nicht hierher!"

Poppi war sich da nicht so sicher. „Seine Mutter ist da. Vielleicht versucht er noch einmal, mehr über diesen Eiskalten Troll aus ihr herauszuquetschen!“

Frau Kascha winkte ab. „Dafür gäbe es hier zu viele Zeugen und Beschützer!“

Björns Mutter fuhr sich mit den Händen durch ihre vielen kleinen Locken und sagte: „Ich verstehe heute noch nicht, warum Eric vor einem Jahr so etwas Schreckliches getan hat. Er war zwar schon immer ziemlich wild und leidenschaftlich, aber dennoch stets höflich und sehr hilfsbereit. Was ist damals nur in ihn gefahren?“

„Frau Borten, gibt es hier Tiere mit zottigem Fell?“, fragte Lilo.

Frau Borten runzelte die Stirn. „Wie bitte? Tiere mit zottigem Fell? Meinst du vielleicht Schafe?“

Lilo traute sich den nächsten Satz kaum auszusprechen: „Äh … an dem See, in dem der Bauer ertrunken ist … ist dort einmal ein … Schneemonster gesichtet worden?“

Björns Mutter lachte hell auf und schüttelte den Kopf. „Nein, jedenfalls weiß ich nic°hts davon. Warum fragst du?“

Lilo berichtete von der Begegnung mit dem seltsamen Wesen. Frau Borten meinte: „Das könnte durchaus ein Mensch gewesen sein, der sich auf allen vieren bewegt und einen Fellmantel getragen hat."

Bald darauf gingen auch die beiden Frauen mit den Mädchen in die Sauna. Das Schwitzen tat ihnen gut. Später saßen dann alle um den großen runden Tisch und aßen ein spätes Abendbrot. Es gab verschiedene eingelegte Fische, die sehr gut schmeckten. Frau Gustavson hatte sich hingelegt und schlief tief und fest.

Als jemand heftig an die Tür klopfte, war die Verwunderung groß. Wer kam jetzt noch um diese Zeit? Poppis Herz pochte laut. Auch ihre Freunde waren beunruhigt.

Als Herr Borten aufstand, warnte ihn sein Sohn: „Vorsicht, Papa ... das kann Eric sein!"

Herr Borten nahm Björns Warnung ernst und schnappte sich einen schweren Schürhaken. Damit bewaffnet ging er zur Haustür. Kurz darauf wurden im Vorzimmer einige Worte auf Norwegisch gewechselt. Es folgte Gelächter und danach ein eigenartiges, betretenes Schweigen.

Björns Vater kehrte zurück. Hinter ihm tauchten ein junger Mann und eine junge Frau auf. Beide

hatten weizenblondes Haar und die blauesten und treuherzigsten Augen, die die Detektive je gesehen hatten. Lilo hätte dem jungen Mann am liebsten über den Kopf gestreichelt. Er fiel für sie eindeutig in die Kategorie „blonder Traumtyp". Und Axel stieß beim Anblick des Mädchens einen leisen anerkennenden Pfiff aus. Poppi und Dominik verzogen ihr Gesicht. Manchmal fanden sie ihre Freunde reichlich blöde.

„Darf ich vorstellen, das ist Lars Gustavson und die junge Dame ist seine Freundin Lisa Junsen", sagte Herr Borten.

Sie setzten sich an den Tisch und Lars seufzte tief. Er schien von den Ereignissen ziemlich mitgenommen zu sein. Lars sprach recht gut deutsch und erzählte: „Wir haben den nächsten Zug genommen, um sofort hierherzukommen. Die Polizei sucht meinen Bruder Eric, aber sie haben noch keine Spur. Wir müssen damit rechnen, dass er zurückkommt und ... und ... er ist so grausam!" Lars stützte den Kopf in die Hände und weinte.

„Lars ... hat völlig die Nerven fallen lassen, als ich ihm erzählt habe, was geschehen ist", sagte Lisa. Sie sprach ebenfalls sehr gut deutsch, auch wenn sie etwas seltsame Ausdrücke verwendete.

Lilo tat der hübsche junge Mann schrecklich leid. Er machte auf sie einen unendlich sanften und zartfühlenden Eindruck. Warum hatte er nur einen so brutalen Bruder?

„Wie soll es bloß weitergehen?“, fragte Lars.

Herr Borten bot den beiden an, im Blockhaus zu bleiben, obwohl es bereits überfüllt war.

Lars winkte ab. „Vielen Dank, aber ich ... ich habe Angst um unser Haus ... Eric ... vielleicht verwüstet er es, wenn niemand dort ist. Ich muss es bewachen.“

Diese Idee hielt keiner der Anwesenden für gut, aber Lars ließ sich nicht davon abbringen. Lisa wollte ihn begleiten.

„Und Ihre Mutter?“, warf Frau Borten ein.

„Könnten Sie bitte auf sie aufpassen, sie muss eine schlimme Zeit durchgemacht haben!“, erwiderte Lars.

Frau Borten erklärte sich sofort dazu bereit.

„Wir gehen gleich los!“, verkündete der junge Gustavson dann. Seine Stimme klang jedoch recht ängstlich.

„Wenn du willst, begleite ich dich und deine Freundin!“, schlug Björn vor.

„Wir kommen auch mit!“, rief Axel hilfsbereit.

Frau Kascha protestierte heftig: „Kommt überhaupt nicht infrage! Draußen schleicht ein Mörder durch die Nacht. Du bleibst da und deine Freunde auch!"

Lars nahm Björns Angebot gerne an und wenig später brachen die drei auf. Die Knickerbocker zogen sich in die Dachkammer zurück, wo Stockbetten für sie bereitstanden. Doch keiner der vier Detektive dachte auch nur im Traum daran, sich jetzt hinzulegen.

Dominik kramte einen CD-Player aus seinem Koffer und legte eine CD ein. Sie war mit dem Wort „Schlafgeräusche" beschriftet. Als er die Starttaste drückte, ertönte tiefes Atmen, das Rascheln von Bettdecken, das Knarren von Holz und leises Schnarchen. Falls jemand an der Tür lauschte, musste er annehmen, dass die Bande bereits tief und fest schlummerte.

Stattdessen kletterten die Knickerbocker durch das Fenster auf das Dach des niedrigen Schuppens und sprangen von dort hinunter. So schnell sie konnten, liefen sie den freigeschaufelten Weg zur Landstraße und versuchten, Björn einzuholen. Er war mit Lars und Lisa zu Fuß unterwegs, weshalb sie ihn bald erreichten. Björn war mehr als erstaunt, die vier Freunde zu sehen, schickte sie aber nicht zurück.

Dabei wäre Poppi am liebsten umgedreht. Sie war bloß mitgekommen, weil sie sich allein in der Dachkammer noch mehr gefürchtet hätte. Dominik war auch nicht sehr wohl in seiner Haut. Nur Lilo und Axel waren ganz wild darauf, bei Lars zu sein. Er wusste bestimmt etwas über den Eiskalten Troll, und sie wollten mehr darüber erfahren.

Als sie ihn darauf ansprachen, war er richtiggehend verblüfft: „Woher kennt denn ihr diese Geschichte?"

Die Knickerbocker berichteten stolz, dass sie Frau Gustavson wahrscheinlich das Leben gerettet hatten, und Lars dankte ihnen dafür.

„Der Eiskalte Troll ... unser Vater hat uns oft davon erzählt. Einmal waren Eric, Vater und ich Lachse fischen. Wir haben in einem Zelt im Wald übernachtet und Vater hat im Schlaf geredet. Er brabbelte etwas von dem Schatz, den der Troll bewacht und den einer von uns vielleicht einmal finden würde. Er könne ihn nicht gebrauchen, aber vielleicht würden wir eines Tages Gutes damit tun. Seit damals hat Eric an nichts anderes mehr gedacht und deshalb hat er auch ... Na, ihr wisst schon!"

In Lilos und Axels Köpfen arbeitete es sofort auf Hochtouren. Axel seufzte. „Was kann das nur für ein Schatz sein?“

Lilo vermutete: „Es muss sich um etwas handeln, das man nicht so einfach wegschaffen kann. Gold oder Edelsteine hätte der Troll doch einfach eingesteckt.“

Axel zuckte mit den Schultern. „Vielleicht sind es nur die beiden großen Rubine“, meinte er.

Da war Lilo anderer Meinung. Schließlich hieß es in der Geschichte, dass der Troll einen Schatz gefunden hatte.

Schweigend marschierte die Gruppe weiter über den gefrorenen See, auf dem eine dicke Schneeschicht lag. Bald erreichten sie den Bauernhof, der vor ihnen lag, als würde er Winterschlaf halten.

„Danke für die Begleitung … jetzt kommen wir schon allein zurecht!“, sagte Lars. „Ich werde das Gewehr meines Vaters nehmen und … falls Eric auftaucht … er wird mir nichts tun!“

„Sollen wir euch nicht ins Haus begleiten?“, fragte Björn.

Lars dankte, aber er lehnte das Angebot ab. Er legte seinen rechten Arm zärtlich um Lisas Schulter und ging mit ihr auf sein Elternhaus zu.

Die Bande blickte ihnen nach.

Die Haustür war nicht versperrt. Nachdem die beiden im Haus verschwunden waren, sagte Björn: „Na gut, dann treten wir den Rückweg an. Oder kannst du dich von Lars' Anblick nicht trennen, Lilo?" Er grinste hämisch, weil er die schwärmerischen Blicke des Mädchens bemerkt hatte.

Das Superhirn der Bande starrte wie gebannt auf das Haus.

„Eine dicke Robbe wie ich kann dein Herz nicht gewinnen. Da muss schon ein blonder Lars kommen!", spottete Björn.

„Idiot!", zischte Lilo. „Wir müssen sofort zu ihm!"

Dominik griff sich theatralisch ans Herz. Der Schauspieler in ihm brach wieder einmal durch. „Oh, die Sehnsucht verzehrt sie!", hauchte er.

„Ihr Blödmänner!", schimpfte Lilo. „Die Tür! Wir haben sie doch abgesperrt, als wir weggegangen sind. Jetzt war sie offen. Eric könnte im Haus sein!"

Da ertönte ein gellender Schrei …

ES BRENNT!

„Lisa … das war Lisa!", rief Lilo. „Schnell … wir müssen ins Haus und den beiden helfen!" Das Superhirn rannte los.

Als sie das Gebäude endlich erreichte, flog die Tür auf und zwei Gestalten torkelten heraus. Lilo leuchtete ihnen mit der Taschenlampe ins Gesicht und erkannte Lisa.

Die junge Frau hatte die Augen vor Angst weit aufgerissen und schien schreien zu wollen, aber offenkundig versagte ihr die Stimme.

Hinter ihr stand ein Mann, der seinen Arm um ihren Hals gelegt hatte. Er würgte sie und machte jede Flucht unmöglich. Ein langes Küchenmesser blitzte auf. Der Mann brüllte etwas mit heiserer

Stimme. Lisa verharrte regungslos. Sie wagte nicht, sich zu bewegen.

Lilos Finger zitterten so heftig, dass sie kaum noch die Taschenlampe halten konnte. Der Lichtkegel tanzte über die Hausmauer und schwenkte dann voll auf das Gesicht des Angreifers.

Es war Eric! Sein rotes Haar und der Bart verrieten ihn, obwohl er das Gesicht hinter einem dicken Schal zu verstecken versuchte.

Björn war Lilo gefolgt und packte sie an der Schulter. „Komm! Weg von hier … er … er bringt sie sonst um!“, keuchte er ihr ins Ohr.

Lilo blieb wie angewurzelt stehen. „Aber Lars! Was ist mit Lars? Frag Eric!“

Björn schüttelte den Kopf, und als sich Lilo weiter weigerte, riss er sie an sich und lief mit ihr los. Sie stolperten und rutschten über das Eis.

„Nein! Nicht … wir müssen etwas tun, du feiger Elch!“, schrie Lilo.

Aber Björn hörte nicht auf sie und kreischte: „Du bist total verrückt! Er hat Lisa in seiner Gewalt! Willst du ihr Leben aufs Spiel setzen?“

In Lilos Kopf begann sich alles zu drehen. Sie hasste es, wenn sie nichts tun konnte und aufgeben musste.

Axel gab den beiden ein Blinkzeichen, damit sie die Stelle fanden, wo er, Poppi und Dominik warteten.

Fast weinend vor Wut berichtete Lilo, was geschehen war.

„Wir hätten nie zulassen dürfen, dass sie einfach in das Haus gehen. Wir Idioten! Wir Versager!“, jammerte sie.

Björn hatte einen Vorschlag: „Wir lassen zunächst ein paar Minuten vergehen und schleichen dann zum Bauernhof der Gustavsons zurück. Lars muss sich noch im Gebäude befinden. Hoffentlich ist er nicht verletzt. Wir werden ihm helfen, verlass dich darauf, Lilo!“

Stocksteif vor Anspannung standen die Detektive auf der dicken Eisdecke des Sees und sahen zum Bauernhof hinüber. Drei Fenster waren auf einmal hell erleuchtet. Ein warmes, gelbrotes Licht warf seinen Schein auf die Bäume der Umgebung.

Poppi fragte verwundert: „Wer hat denn das Licht angemacht? … Und warum bewegt sich das Licht so merkwürdig? Und die Schatten … die Schatten tanzen!“ Kaum hatte sie ausgesprochen, zerbarst eine Glasscheibe und mächtige Flammen schlugen aus dem Zimmer.

„Feuer! Feuer! Eric hat Feuer gelegt und Lars ist noch im Haus!“, schrie Axel.

Jetzt gab es kein Halten mehr! Die Knickerbocker fassten einander an den Händen und stürmten los, Björn hinterdrein.

„Aber … stopp!“, stieß er hervor.

„Halt die Klappe!“, fauchte ihn Lilo an. „Du bist ein mieser Feigling!“

Die Bande hatte nun den Hof erreicht. Von Eric und Lisa war nichts zu sehen.

„Lars? Lars!“, brüllte Lilo aus Leibeskräften.

Keine Antwort.

„Lars!“, schrien die Knickerbocker im Chor.

Das Feuer prasselte bereits sehr laut. Wahrscheinlich hörte Lars sie gar nicht.

Axel lief rund um den Hof und erkannte, dass das Feuer im vorderen Teil ausgebrochen war. Er entdeckte eine Hintertür, die nicht abgesperrt war. Er gelangte in eine Art Küche, in der an den Wänden große altmodische Kupferkessel hingen, die das Licht seiner Taschenlampe reflektierten.

„Lars … Lars!“, rief Axel. Der Gestank von verkohltem Holz stach ihm in die Nase. Rauch quoll unter der Tür hervor, die zum nächsten Zimmer führte.

Axel riss sie auf und leuchtete in einen schmalen, langen Gang, in dem dicker Qualm stand. Seine Augen begannen zu tränen und er konnte kaum noch atmen. Er suchte in der Küche nach einem Spülbecken und einem Stück Stoff. Er fand ein Geschirrtuch, das er nass machte und sich vor die Nase presste.

Der Knickerbocker tastete sich durch den Gang und ergriff die Klinke der nächstbesten Tür. Schnell zog er die Hand zurück, denn das Metall war glühend heiß. Er trat mit dem Stiefel gegen den Griff, und die Tür schwang auf.

Flammen schlugen Axel entgegen.

Er konnte das Zimmer nun nicht mehr betreten, aber er versuchte einen Blick hineinzuwerfen. Es herrschte das totale Chaos. Alle Schubladen und Schränke waren durchwühlt und ausgeleert worden. Kreuz und quer lagen Sachen auf dem Boden verstreut.

Und wo steckte Lars? War er vielleicht schon ein Opfer der Flammen geworden?

Axel konnte ihn nirgendwo entdecken und wollte daher zum nächsten Zimmer vordringen, aber er schaffte es nicht mehr. Durch den Sauerstoffmangel fühlte er sich schwach und ihm wurde speiübel. Er musste schnellstens an die frische Luft! Der Juniordetektiv, der viel Mut bewiesen hatte, taumelte zurück und erreichte mit letzter Kraft wieder die Küche.

Verdammt … Lars … wahrscheinlich hat Eric ihn niedergeschlagen und er liegt hier irgendwo bewusstlos in den Flammen!, dachte Axel. Er torkelte durch den Raum und stolperte über einen weichen Gegenstand.

Die Taschenlampe flog in hohem Bogen davon und rollte unter eine Bank. Axel rappelte sich hoch und berührte dabei mit den Händen … einen menschlichen Körper!

Vor ihm lag Lars!

Er war die ganze Zeit über in der Küche gewesen und Axel hatte ihn übersehen. Dabei hatte er doch den ganzen Raum abgeleuchtet!

Der junge Gustavson war bewusstlos und bewegte sich nicht. Axel stürzte ins Freie und schrie nach seinen Freunden.

„Los … los!“, keuchte er aufgeregt, als Björn und seine Knickerbocker-Freunde herbeieilten. „Da drinnen ist Lars!“

Björn stürmte mit Lilo und Dominik in die Küche. Gemeinsam zerrten sie den jungen Mann nach

draußen. Sie gingen dabei nicht gerade sanft mit ihm um, aber für Vorsicht war jetzt keine Zeit. Der Bauernhof, der aus altem Holz bestand, würde bald ganz in Flammen stehen.

Als ihm die eisige Kälte ins Gesicht schlug, öffnete Lars langsam die Augen. Er sah sich verwirrt um. Er wollte sich aufrichten und verzog dabei schmerzerfüllt das Gesicht. Sein Kopf schien höllisch wehzutun.

„Eric … Er hat mich niedergeschlagen … Mit einer Pfanne“, stieß Lars hervor. „Lisa! Wo ist Lisa?“

Ratlos blickten die Knickerbocker einander an. Wie sollten sie Lars beibringen, dass Lisa von Eric entführt worden war?

„Löschen … wir müssen das Feuer löschen!“, stammelte Lars.

Aber dafür war es zu spät.

„Nein, wir können nur noch die Feuerwehr verständigen … Aber sie wird auch nichts mehr ausrichten können“, antwortete Björn.

Mühsam kam Lars Gustavson wieder auf die Beine. Er stützte sich auf Björn und ließ sich von ihm zum See führen.

„Wo ist denn Lisa?“, fragte er immer wieder.

„Wir … wir wissen nicht, wo sie ist. Eric hat sie in seiner Gewalt!“, flüsterte Björn.

„Lisa! Lisa!“, brüllte Lars verzweifelt. Seine Worte hallten durch die Nacht.

Die vier Freunde und Björn schwiegen betroffen. Die einzige Antwort war das Prasseln und Krachen des Feuers. Der Bauernhof brannte wie eine riesige Fackel.

IN NUR SIEBEN TAGEN

In dieser Nacht kam zunächst keiner im Blockhaus der Familie Borten dazu, ein Auge zuzumachen. Nachdem nur Lars wohlbehalten mit den anderen zurückgekommen war, wurde sofort die Polizei geholt. Björn hatte die Feuerwehr schon von unterwegs verständigt, aber wie er es bereits vorhergesehen hatte, konnten die Männer das Bauernhaus nicht mehr retten. Auch die Polizei stand vor einer schwierigen Aufgabe. Sie hatte bereits im ganzen Land eine Großfahndung nach Eric eingeleitet, die aber bisher ergebnislos geblieben war. Er schien sich in Luft aufgelöst zu haben.

„Was hat er nur mit Lisa gemacht?", stammelte Lars vor sich hin.

Frau Gustavson, die von dem Lärm geweckt worden war, weinte sich die Augen aus.

Mitten in all den Trubel platzte ein Telefonanruf. Es war Lisa, die sich meldete und mit Lars sprechen wollte. „Eric hat mich in seiner Gewalt. Er gibt dir sieben Tage Zeit, den Eiskalten Troll zu finden und den Schatz an ihn auszuhändigen. Wenn du das nicht schaffst, dann …!“

Eine tiefe Stimme beendete den Satz: „… dann mache ich deine Freundin kalt, Brüderchen!“ Und schon wurde die Verbindung unterbrochen.

Einige Sekunden lang herrschte im Hause Borten absolute Stille. Alle starrten betroffen vor sich hin.

Erics Forderungen waren unmöglich zu erfüllen. Wie sollte Lars in nur sieben Tagen einem Schatz auf die Spur kommen, der wahrscheinlich nur in einer Sage existierte?

Lars stützte das Gesicht in die Hände und begann hemmungslos zu heulen. „Mein Bruder ist eine Bestie!“, schluchzte er. „Mutter … Mutter, bitte sag, was du weißt!“

Björn bemühte sich, das Gespräch der beiden für die Knickerbocker zu übersetzen.

„Junge … dein Vater hat mir das Geheimnis auch nicht verraten. Es war immer nur die eine Geschichte, die er erzählt hat." Frau Gustavson schien um Jahre gealtert zu sein. Sie saß in sich zusammengesunken auf dem Sofa und nestelte nervös am Saum ihres Rockes.

Lars wollte nicht wahrhaben, was er eben gehört hatte. „Aber er hat einmal zu uns gesagt, dass es den Schatz tatsächlich gibt und dass ihn einer von uns vielleicht finden wird. Er muss dir mehr anvertraut haben."

Frau Gustavson schüttelte den Kopf. „So glaub mir doch! Er hat nichts weiter gesagt, Lars."

Der junge Mann lehnte sich zurück und starrte völlig verzweifelt zur Zimmerdecke. „Ich habe in nur einem Jahr fast alles verloren. Meinen Vater, mein Elternhaus und meine Freundin, die ich im Frühjahr heiraten wollte. Und wer ist schuld daran? Ein Irrer, der sich mein Bruder nennt! Ein Verbrecher, der hinter Gitter gehört!"

Als sie in ihren Stockbetten lagen, konnten die Knickerbocker keinen Schlaf finden. Die Erlebnisse des Tages ließen sie nicht los.

„Ich wette, Eric weiß, dass es den Schatz tatsächlich gibt. Sonst würde er nicht eine Wahnsinnstat nach der anderen begehen!", sagte Lilo.

Ihre Freunde stimmten ihr zu.

„Die Sage vom Troll muss einen verschlüsselten Hinweis enthalten", meinte Axel. „Also ich möchte Lars gerne helfen, damit er Lisa zurückbekommt. Sie ist … so nett!"

Dominik spöttelte sofort: „Lilo und du … ihr habt den totalen Blond-Koller! Ihr habt euch beide verknallt!"

„Dominik, Schnauze!", zischte Lilo böse. „Spar dir deine überflüssigen Kommentare. Streng lieber dein Hirn an und sag uns, was wir tun sollen! Oder willst du einfach warten, bis Eric Lisa … also … du weißt schon …"

Dominik schwieg zuerst beleidigt, kam aber dann zu dem Schluss, dass Lilo nicht ganz Unrecht hatte. „Ich habe eine Menge Reiseführer gelesen", begann er. „Und eines ist mir aufgefallen. Ziemlich hoch oben im Norden von Norwegen liegt ein Fjord mit dem Namen Trollfjord. Was sagt ihr dazu?"

Lilo horchte auf und meinte: „Das könnte eine Spur sein. Wenn wir nur wüssten, um welchen Schatz es sich handelt!"

Dominik fuhr fort: „Die Sage erzählt, dass der Troll etwas gefunden hat, das man nur schwer aus der Höhle tragen kann. Vielleicht …"

Seine Freunde blickten ihn erwartungsvoll an.

„… vielleicht gibt es dort einen alten Wikingerschatz!"

Lilo atmete laut ein und aus. „Das ist doch reiner Quatsch!", wischte sie Dominiks Idee vom Tisch.

„Tja, was Besseres fällt mir leider nicht ein!", gab er zu.

Schließlich schliefen die vier Freunde ein. Doch die Erlebnisse der vergangenen Stunden und der Eiskalte Troll begleiteten sie bis in ihre Träume. Einmal hatte der Troll blaue, dann wieder grüne oder gelbe Haare. Seine Augen verwandelten sich von Rubinen in Diamanten und Smaragde. Er stand in einer weitläufigen Höhle, in der dicke Eiszapfen von der Decke hingen. Als sich die Knickerbocker ihm nähern wollten, brach er in schallendes Gelächter aus. Das Lachen war so laut, dass die Eiszapfen abbrachen und wie Speere zu Boden sausten. Mit Getöse zersprangen sie in tausend Splitter. Doch sie waren nicht aus Eis, sondern aus Glas! Die Scherben zerschnitten die Hände und Gesichter der Detektive. Axel, Lilo, Poppi und Dominik brüllten vor Schmerz. Da sie alle den gleichen Traum gehabt hatten, weckten sie sich nun durch ihr Geschrei.

Verschlafen und reichlich erschöpft setzten sie sich in ihren Betten auf.

„Ich hasse Trolle!“, knurrte Poppi. Am liebsten hätte sie sich ins nächste Flugzeug gesetzt und wäre nach Hause geflogen.

Ihre Freunde gaben es zwar nicht zu, aber sie dachten genauso.

Lilo ahnte, dass auf die Bande eine schwierige Aufgabe zukommen würde. Die vier hatten ein Motto: Ein echter Knickerbocker lässt niemals locker! Sie hatten sich geschworen, allen zu helfen, die in Not geraten waren und denen Unrecht getan wurde. Und Lars brauchte Hilfe! Es ging sogar um ein Menschenleben! Eric kannte bestimmt keine Gnade. Auf einen Mord mehr oder weniger kam es ihm sicherlich nicht an.

Lilo schloss die Augen und dachte: „Ich wette, dass wir die nächste Nacht nicht in diesen Betten verbringen.“

DIE FAHRT IN DEN NORDEN

Erst gegen zehn Uhr am Vormittag krochen die vier Knickerbocker aus ihren Betten. Frau Borten hatte ein köstliches Frühstück zubereitet, mit Kaffee, gebratenem Speck, eingelegtem Fisch, einer leckeren Gerstengrütze, heißer Schokolade, Kuchen und frisch gebackenem dunklem Brot.

Frau Gustavson löffelte ihre Gerstengrütze mit Butter und Sahne. Von Zeit zu Zeit seufzte sie und blickte sehnsüchtig zum Telefon. Sie hoffte wohl auf ein Wunder. Vielleicht dachte sie, dass Lisa jeden Moment anrief, um zu sagen, dass Eric sie freigelassen hatte? Oder dass die Polizei ihn bereits gestellt hatte?

Björn traf als Letzter am Frühstückstisch ein. Er

machte eine schreckliche Mitteilung: „Lars liegt mit hohem Fieber im Bett. Er atmet schwer und fantasiert!"

Frau Borten sah nach dem jungen Mann und musste bestätigen, was Björn berichtet hatte.

Als das Telefon klingelte, zuckten alle wie elektrisiert zusammen.

Herr Borten hob ab und meldete sich. An seinem Gesichtsausdruck war sofort zu erkennen, dass die Vermisste am anderen Ende der Leitung war. Er kam kaum dazu, selbst etwas zu sagen. Als er auflegte, erklärte er aufgeregt, erst auf Norwegisch, dann auf Deutsch: „Es war Lisa. Sie war einen kurzen Moment lang unbewacht und hat schnell angerufen. Sie weiß nicht, wo Eric sie festhält. Aber er droht ihr ununterbrochen. Falls Lars den Eiskalten Troll nicht findet, muss sie dafür büßen."

Frau Gustavson begann zu weinen und schlug sich die Hände vors Gesicht.

Die Wohnzimmertür wurde geöffnet und Lars taumelte herein. Sein Gesicht war rot und verschwitzt. „Was habe ich gehört …? Lisa … ich muss sie retten! Mutter … bitte … bitte … sag, was Vater dir über den Troll erzählt hat!", übersetzte Björn für seine Freunde.

Doch Frau Gustavson schien wirklich nichts darüber zu wissen. Sie hob nur hilflos die Arme. Ihr war anzusehen, wie verzweifelt sie war. Sie hätte ihrem Jungen nur zu gerne geholfen, aber es war ihr nicht möglich.

Frau Borten führte Lars zurück in Björns Zimmer, wo für ihn ein zusätzliches Bett hergerichtet worden war.

Er musste sich wieder hinlegen. In diesem Zustand durfte er nicht umherlaufen.

„Die Polizei muss diesen Verrückten finden! Aber ob sie es schafft? Es ist so einfach, in dieser menschenleeren Gegend unterzutauchen und für lange Zeit spurlos zu verschwinden!“, sagte Herr Borten leise.

Lilo zupfte Björn am Ärmel und gab ihm mit dem Kopf ein Zeichen mitzukommen. Im Zimmer der Bande stellte sie ihm dann eine wichtige Frage: „Sag, hast du eigentlich einen Führerschein?“

Björn nickte.

„Kannst du dir einen Wagen ausborgen, in dem wir alle Platz haben und mit dem wir in den Norden reisen könnten?“

Björn überlegte. „Na ja, der Wagen meines Vaters hat Allradantrieb, einen starken Motor und Reifen, mit denen man durch den tiefsten Schnee fahren kann. Es ist ein Geländewagen, und wenn ihr ein bisschen zusammenrückt, ginge das schon."

Lilo flötete: „Sag, Björn, hast du genauso viel Mut wie Charme?"

Der pummelige rotblonde Björn, der wusste, dass er nicht gerade eine Schönheit war, grinste. „Ich weiß, was du vorhast! Ihr habt euch in den Kopf gesetzt, Lars zu helfen und diesen Troll zu finden, stimmt's?"

„Ja!", gab Lilo zu.

Björn schüttelte den Kopf. „Ohne mich, das wäre der reinste Wahnsinn! Vergesst das, das kommt gar nicht infrage!"

Diese Antwort traf Lilo wie ein Keulenschlag. Damit hatte sie nicht gerechnet. War sie vorhin zu frech zu ihm gewesen? Hatte sie ihn beleidigt?

Björn ging aus dem Zimmer und ließ eine ziemlich verdutzte Lilo zurück.

Wütend stampfte sie mit dem Fuß auf. Durch dich lassen wir uns jedenfalls nicht aufhalten!, dachte sie und berief sofort eine Knickerbocker-Versammlung ein. „Wenn Björn nicht mitmachen will, dann begeben wir uns eben allein auf die Suche!", beschloss sie.

„Aber wie sollen wir den Trollfjord erreichen? Der ist doch mindestens siebenhundert Kilometer weit entfernt! Wahrscheinlich sogar noch mehr!“, gab Dominik zu bedenken. Lilo verzog trotzig den Mund.

Etwas später brachen das Ehepaar Kascha und Björns Eltern zu einem Spaziergang auf. Die Sonne war ein wenig durch die Wolken gekommen und sie wollten das spärliche Licht genießen.

Kaum waren sie fort, befahl Lilo: „Los, jeder packt jetzt seinen Rucksack! Wir gehen zum Bahnhof und fahren mit dem Zug in den Norden.“

Ihre Freunde hatten Bedenken, aber das Oberhaupt der Bande schaffte es, diese mit wenigen Sätzen auszuräumen: „Denkt an Lisa! Wahrscheinlich kann sie nur durch unseren Mut gerettet werden. Wir müssen diesen Eiskalten Troll finden … oder wenigstens eine Spur zu ihm.“

Damit die Erwachsenen sie nicht an der Reise hindern konnten, brachen die Knickerbocker so schnell wie möglich auf. Mit weichen Knien trabten sie über die verschneite Zufahrtsstraße Richtung Trondheim. Eine mindestens einstündige Wanderung stand ihnen bevor.

„Dieser Björn, dieser feige Elch!“, schimpfte Lilo

vor sich hin. „Der hat total Schiss! Und so etwas ist zwanzig Jahre alt! Sollte sich lieber ins Gitterbettchen legen, dort wäre er besser aufgehoben!“

Nach dreißig Minuten Fußmarsch begann Axel zu schnaufen. Kurz darauf waren auch Poppi und Dominik völlig außer Atem. Lilo wollte gerade zu einer Predigt ansetzen, als es hinter ihnen hupte. Die vier drehten sich erschrocken um und erkannten dann den Geländewagen der Familie Borten. Am Steuer saß Björn.

„Einsteigen, oder wollt ihr lieber zu Fuß laufen!“, rief er und versuchte seiner Stimme einen witzigen Klang zu verleihen.

„He, hast du es dir etwa anders überlegt?“, fragte Lilo.

Björn grinste verlegen. „Na ja … also … wenn ihr euch das traut, dann kann ich es doch auch schaffen, oder?“

Die Knickerbocker brachen in wildes Jubelgeschrei aus. Sie wussten, dass ein großes Abenteuer auf sie wartete!

Sie fuhren los. Auf einer Landstraße ging es durch die verschneite Landschaft, Kilometer für Kilometer hinauf in den Norden des Landes. Das bedeutete: noch mehr Dunkelheit, noch niedrigere Temperaturen, noch mehr Schnee und Eis.

Gesprochen wurde auf der Fahrt wenig. Axel und Lilo saßen abwechselnd vorne bei Björn und halfen ihm, den richtigen Weg zu finden. Die Fahrbahn war an vielen Stellen sehr verweht und manchmal komplett vereist.

„Der Schneepflug könnte hier Tag und Nacht fahren, aber selbst das würde nicht viel nützen!", erzählte Björn.

Kaum brach die Dämmerung herein, fegte ein eisiger Schneesturm über das Land. Die Schneeflocken wirbelten im Licht der Scheinwerfer und nahmen ihnen oft fast die Sicht. Das Vorankommen wurde immer beschwerlicher. Doch Björn gab nicht auf. Stück für Stück lenkte er den Geländewagen ihrem Ziel entgegen.

Erst gegen sieben Uhr am Abend hielt er vor einem kleinen Motel. Es handelte sich um ein Holzhaus, dessen Fenster von außen mit dicken Fellen verhängt waren.

Axel klopfte gegen die himmelblau gestrichene Holztür. Nach einer Weile öffnete eine pausbäckige Frau, deren Hände voll Mehl und Teig waren. Björn fragte sie nach zwei oder drei Zimmern für eine

Nacht, und die Frau bat die Gäste herein. Lilo schnappte das Wort „takk“ auf und erkundigte sich, was es bedeutete.

„Danke!“, erklärte Björn. „Wir Norweger sind schließlich höfliche Menschen und bedanken uns für alles.“

Die Zimmer waren winzig und das Bettzeug fühlte sich feucht an. In jedem Raum stand ein kleiner Kanonenofen, der angeheizt wurde und bald glühte, aber dennoch nicht genug Wärme abgab. Deshalb setzten sich Björn und die Detektive in der geräumigen Küche um einen gemütlichen Holztisch. Die Wirtin servierte gebratenen Fisch und danach jede Menge Kuchen. Hungrig langten die fünf Freunde zu.

„Die Frau sagt, dass sie zu dieser Jahreszeit nur wenige Gäste hat. Wir sind seit vier Wochen die ersten“, berichtete Björn.

Er hatte kaum ausgesprochen, als es klopfte.

Die Wirtin ging hinaus, um zu öffnen. Sie unterhielt sich mit einem Mann, der eine tiefe Stimme hatte. Der Neuankömmling war recht wortkarg und gab kaum etwas von sich. Er wurde ins Obergeschoss geführt, wo sie ihm vermutlich sein Zimmer zeigte.

„Noch ein Gast!“, rief die Wirtin strahlend, als sie in die Küche zurückkehrte. Sie freute sich sichtlich über die Abwechslung.

Gleich nach dem Essen rief Björn bei seinen Eltern an. Sie waren außer sich vor Sorge und machten ihrem Sohn große Vorwürfe. Björn erzählte ihnen, dass sie ihren Ausflug zu den nördlichen Fjorden, den sie ursprünglich für das Wochenende geplant hatten, vorverlegt hatten, und konnte sie tatsächlich beruhigen.

Wenig später übermannte die Knickerbocker die Müdigkeit und sie begannen zu gähnen. Sie wünschten eine gute Nacht und gingen schlafen. Der nächste Tag würde bestimmt wieder anstrengend werden.

Irgendwann mitten in der Nacht wachte Axel auf. Er drückte den Lichtknopf an seiner Armbanduhr und sah, dass es erst kurz nach drei Uhr war. Draußen tobte noch immer ein heftiger Schneesturm. Die vorgehängten Felle verhinderten zwar, dass der Wind durch die Fensterritzen blies, trotzdem fröstelte Axel.

Er wälzte sich unruhig hin und her. Auf einmal musste er an den späten Gast denken. Die Knickerbocker hatten ihn nicht zu Gesicht bekommen und er hatte so leise gesprochen, dass niemand verstanden hatte, was er sagte.

Axel schluckte. Eine Idee ließ ihn nicht mehr los: War der Mann Eric?

VERRÄTERISCHE HAARE

Axel begann am ganzen Körper zu zittern, und daran war nicht die Kälte schuld. Vielleicht stand Eric gerade auf und wetzte das lange Messer, mit dem er seine Mutter und Lisa bedroht hatte. Möglicherweise wollte er nicht, dass sie nach dem Eiskalten Troll suchten, und hatte deshalb beschlossen, sie zu beseitigen. Oder er plante, Lars mit seiner Erpressung ins Verderben zu stürzen. Vielleicht sollte sein Bruder im Eis umkommen, wenn er versuchte, den Eiskalten Troll zu finden.

Eric war womöglich nur wenige Meter entfernt, und das war eine große Gefahr. Axel weckte Dominik, der im zweiten Bett schlief, und teilte ihm flüsternd seinen Verdacht mit. Dominik erschrak sehr.

Die beiden Freunde zogen sich hastig an und schlichen zur Tür.

Axel legte die linke Hand auf die Klinke und griff mit der rechten nach dem Schlüssel.

Dominik hielt ihn zurück. „Und was ist, wenn … wenn Eric bereits vor der Tür steht?“, wisperte er fast tonlos.

Axel zögerte. Sein Kumpel hatte ihn verunsichert. Er beschloss, nur aufzusperren, wenn er auf Nummer sicher gehen konnte.

Der Knickerbocker legte sich flach auf den Boden und guckte durch den Türschlitz. Auf dem Gang war es stockfinster. Falls jemand vor der Tür stand, konnten sie ihn nicht sehen.

„Taschenlampe!“, verlangte Axel. Er knipste sie an und leuchtete unter dem Spalt durch. Doch er sah nur Holzbretter und den Rand eines Teppichs. Anschließend holte der Junge ein Glas, das auf dem Nachtschränkchen stand.

Er drückte es fest an die Tür und presste sein Ohr dagegen. Mithilfe dieses Tricks war es möglich, auch sehr leise Geräusche in einem angrenzenden Raum wahrzunehmen.

„Und, kannst du etwas hören?“ Dominik blickte seinen Kumpel fragend an.

Axel schüttelte den Kopf. Die Luft schien rein zu sein. Dummerweise lag Björn nebenan. Erst dann kam das Zimmer der Mädchen. Deshalb konnten ihnen die Jungen keine Klopfzeichen geben.

Möglichst geräuschlos drehte Axel den Schlüssel um und drückte im Zeitlupentempo die Klinke runter. Dann zog er die Tür auf. Er streckte seinen Kopf auf den Gang hinaus und schaute zuerst zum Treppenhaus und dann zum anderen Ende des Ganges. Hastig zog er den Kopf zurück.

„Was ist?", flüsterte Dominik.

„Die vorletzte Zimmertür steht offen … und aus dem Badezimmer kommt Licht. Die Tür ist nicht ganz zu", raunte Axel.

Die Gäste des Motels mussten ein gemeinsames Bad benutzen, das genau gegenüber der Tür des vorletzten Zimmers lag.

Axel überlegte: „Das ist die Gelegenheit herauszufinden, ob mein Verdacht richtig ist oder nicht. Aber ich kann die Mädchen nicht alarmieren. Das würde der Unbekannte sicher bemerken. Ich muss mich eben allein bis zum Badezimmer vorwagen." Der Knickerbocker erschauderte, wenn er daran dachte, was ihm jetzt bevorstand.

Axel bedeutete Dominik, sich nicht von der Stelle

zu rühren. „Wenn was passiert ... dann ... dann musst du eingreifen!“, schärfte er seinem Kumpel ein. Daraufhin machte er sich auf den Weg. Er hatte keine Schuhe an und schlich auf Strümpfen den Gang entlang.

Schritt für Schritt näherte er sich dem Badezimmer. Aus dem Raum drang das Plätschern von Wasser. Axel spähte durch den Türspalt. Dummerweise stand der nächtliche Badegast so, dass Axel ihn nicht sehen konnte. Mist! Was jetzt?

Der Knickerbocker beschloss, einen Blick in das Zimmer zu werfen. Vielleicht war dort etwas Verräterisches zu entdecken.

Auf Zehenspitzen tappte Axel weiter. Er machte einen Bogen um die Badezimmertür und steuerte auf das Zimmer zu. Schnell knipste er seine Taschenlampe an und leuchtete in den kleinen Raum. Das Bett war zerwühlt. Daneben lagen ein zottiger, alter Fellmantel, ein paar schmutzige Hosen und ein Wollpulli, der auch schon bessere Tage gesehen hatte. Nirgendwo war ein Koffer oder eine Reisetasche abgestellt. Seltsam!

Doch der Juniordetektiv hatte eine Idee, wie er herausfinden konnte, ob Eric tatsächlich in diesem Raum geschlafen hatte. Axel hastete zum Kopfkissen, das weiß bezogen war, und musterte es. Er untersuchte es nach roten Haaren. Wenn welche auf dem Bettlaken oder dem Kissen lagen, war die Wahrscheinlichkeit groß, dass der Gast Eric war. Er holte sein Taschenmesser heraus, an dem eine Lupe befestigt war, und klappte diese auf.

Axels Muskeln krampften sich zusammen, als er das erste rote gekräuselte Barthaar fand. Ein Stück weiter sah er mehrere dünne rote Kopfhaare.

Jetzt aber so schnell wie möglich raus aus dem Zimmer!

Axel richtete sich auf und drehte sich zur Tür. Dabei streifte er das Nachtschränkchen und blieb

mit dem Ärmel an einem gehäkelten Deckchen hängen, auf dem ein Glas stand. Klirrend fiel das Glas herab. Axel sprang vor Schreck in die Höhe und starrte mit weit aufgerissenen Augen zur Badezimmertür.

Die Person im Bad schien etwas gehört zu haben. Die Tür wurde aufgestoßen.

Im Gegenlicht erkannte der Junge einen riesigen Mann in schlotternden Klamotten, der in der rechten Hand ein Messer hielt. Es war ein aufgeklapptes Rasiermesser, an dem nicht nur weißer Schaum, sondern auch Blut klebte. Es war Eric Gustavson, der ihm gegenüberstand!

Axel öffnete den Mund, um zu schreien, aber der Mann war mit zwei Sätzen bei ihm und fuchtelte mit dem Rasiermesser herum. Er sah schaurig aus, denn seine Wangen und das Kinn waren mit Schaum und Blut verschmiert. Auf Norwegisch raunte er Axel etwas zu, das zweifellos „Klappe halten!“ hieß. Er packte den Knickerbocker am Hemd und hielt ihn fest. Seine wilden Augen fixierten Axel mit stechendem Blick. Eric überlegte anscheinend, was er mit dem Jungen tun sollte.

Er wischte das Rasiermesser an seiner Hose ab und fuchtelte damit durch die Luft. Axel spürte, wie sein Körper steif wie ein Brett wurde. Die Angst lähmte ihn, und ohne es zu wollen, ging er langsam in die Knie.

Eric keuchte vor Aufregung – er geriet offenbar immer mehr in Panik. Für Axel bestand nun allergrößte Gefahr.

„Bitte ... lassen Sie mich gehen!“, flehte er den Norweger an. „Bitte ...!“

Aber Eric lockerte seinen Griff nicht und drängte Axel gegen die Wand. Das scharfe Rasiermesser hielt er dem Juniordetektiv vors Gesicht.

Verdammt, warum half ihm denn keiner, fragte sich Axel. Die Mädchen schliefen, aber wo blieb Dominik?

Axel kam ein schrecklicher Gedanke: Dominik hatte wahrscheinlich nichts mitbekommen. Schließlich war außer dem Klirren des Glases kein Geräusch zu hören gewesen.

IN DER FALLE

Eric öffnete seinen Mund und krächzte etwas, was Axel nicht verstand. Der Mann stieß dieselben Worte noch einmal hervor und schüttelte seinen Kopf. „Nicht … nicht!“, flüsterte er.

„Nicht? … Was nicht? Wovon reden Sie?“, stammelte Axel.

Eine Antwort bekam der Knickerbocker nicht mehr, denn Eric stöhnte auf und ließ Axel los. Schwer sank der Mann zu Boden. Hinter ihm tauchte Dominik auf, der ein Rentiergeweih in den Händen hielt. Solche Geweihe gab es mehrere im Haus. Sie hingen als Schmuck an den Wänden.

„Komm, raus hier!“, keuchte Axel und zog seinen Freund aus dem Zimmer. Er knallte die Tür hinter sich zu und hörte, wie Eric von innen absperrte.

„Was hast du denn mit ihm gemacht?", wollte Axel wissen.

„Ich habe ihm mit dem Geweih in die Kniekehlen gestochen!", sagte Dominik. „War das nicht richtig?"

Axel verdrehte die Augen. „Doch, natürlich! Aber warum hast du dir damit so lange Zeit gelassen, du Idiot?"

Dominik wurde wütend. „Nenn mich nicht Idiot! Ich habe dich schließlich gerettet, du Blödmann!"

Die Mädchen waren durch den Streit der Jungen aufgewacht.

„Ist was?", fragte Lilo müde.

„Eric ist im Nachbarzimmer!", schrie Axel völlig außer sich. „Und er hat mich fast umgebracht!"

Lilo war sofort hellwach. „Wo ist er jetzt?"

Ihr Kumpel deutete auf die vorletzte Zimmertür. „Dort … eingesperrt!"

Lilo klopfte ihm anerkennend auf die Schulter. „Gut gemacht!"

Da musste Axel das kleine Missverständnis aufklären: „Äh … nicht ich habe ihn eingesperrt, sondern er hat sich selbst eingesperrt!"

Das Oberhaupt der Bande erschrak. „Das heißt, er kann jederzeit heraus und sich auf uns stürzen. Björn!“ Lilo trommelte mit den Fäusten gegen dessen Zimmertür. Es dauerte reichlich lange, bis sein zerknittertes Gesicht zum Vorschein kam. Als Björn erfuhr, was geschehen war, rannte er zur Wohnung der Motelbesitzerin im Untergeschoss.

„Leute, hierher!“, schrie er. Die vier liefen die Treppe hinunter und die Wirtin scheuchte sie in die Küche. Sie schlug die Tür zu und bewaffnete sich mit einem schweren Nudelholz.

Vor dem Haus wurde ein Auto angelassen. Björn raste zum Fenster. Wollte Eric jetzt auch noch seinen Wagen stehlen? Nein, zum Glück nicht. Der Verbrecher hatte ein eigenes Fahrzeug, mit dem er nun das Weite suchte. Er musste aus dem Fenster gestiegen und an der Hauswand hinuntergeklettert sein. Björn versuchte das Nummernschild zu entziffern, aber es war zu dunkel. Im Nu wurde Erics Auto von der Finsternis verschluckt.

Die Knickerbocker atmeten erleichtert auf. Um ein Haar hätten sie alle ein schreckliches Ende gefunden.

„Die Polizei ist bereits unterwegs, aber es wird einige Zeit dauern, bis sie eintrifft“, sagte Björn. Er

hatte soeben mit dem nächsten Posten telefoniert und Erics Fluchtrichtung angegeben. Mit Sicherheit würde der Gauner bald von der Straße abzweigen und sich irgendwo verstecken. Die Chance, dass er gefasst wurde, war fast null.

„Er hat uns verfolgt!", piepste Poppi. „Er war hinter uns her! Er wollte … er wollte …!"

Lilo schnitt ihr das Wort ab. „Hört zu! Ich glaube nicht, dass er uns abmurksen wollte. Er hat sich nur rasiert und dabei geschnitten. Das passiert meinem Vater ständig."

Axel bekam vor Wut ein knallrotes Gesicht. „Aber er hat mich mit dem Rasiermesser bedroht wie seine Mutter!"

Lilo antwortete darauf nicht, weil sie ihren geschockten Kumpel nicht noch mehr aufregen wollte. Eric war ihnen gefolgt, da bestand kein Zweifel. Und er hatte sich den Bart entfernt, um sein Aussehen zu verändern. Aber hatte er tatsächlich im Sinn gehabt, ihnen etwas anzutun? Er wollte erfahren, wohin sie fuhren, um ihnen den Schatz abzunehmen, wenn sie ihn fanden. Aber umbringen? Das bezweifelte Lilo. Andererseits waren sie Mitwisser, die ihm garantiert nicht gelegen kamen. Sollten sie doch lieber umkehren?

Am nächsten Vormittag stimmten die vier über das weitere Vorgehen ab. Dominik hatte ein gewichtiges Argument gegen eine Umkehr: „Dieser Typ wagt sich sicher nicht noch einmal so nahe an uns heran. Er weiß jetzt, dass wir gemerkt haben, dass er hinter uns her ist. Ihm ist klar, dass wir die Augen offenhalten werden, und er hat bestimmt keine Lust, von uns an die Polizei ausgeliefert zu werden." Poppi, Lilo und Axel nickten zustimmend.

Also setzten sie die Suche nach dem Troll fort.

Vor der Abfahrt telefonierte Björn wieder mit seinen Eltern. Er erfuhr, dass Lisa sich gemeldet hatte. Der arme Lars Gustavson lag noch immer schwer krank im Bett, doch das wurde seiner Freundin verheimlicht.

„Eric muss einen Komplizen haben", meinte Lilo, als sie wieder im Auto saßen. „Wenn er uns nachfährt, muss doch irgendwer Lisa bewachen! Oder hat er sie sogar bei sich? Ja, natürlich! Das wäre möglich. Vielleicht war sie gefesselt und geknebelt im Schrank des Zimmers, und wir hätten sie befreien können! Moment mal!" Lilo knetete ihre Nasenspitze. „Wir machen etwas falsch. Wir dürfen nicht vor Eric flüchten, sondern sollten ihn anlocken!"

Ihre Freunde erklärten sie sofort für verrückt. In Lilos Gehirn mussten ein paar Windungen eingefroren sein.

„Natürlich, das ist es!", fuhr Lilo fort. „Wir werden versuchen, ihn zu überwältigen. Wir bleiben von nun an immer eng beisammen, auch in der Nacht. Und wenn Eric noch einmal auftaucht, müssen wir ihn fassen. Wir werden uns mit Stöcken und mit Messern bewaffnen. Haben wir ihn geschnappt, können wir Lisa befreien. Das ist doch das Allerwichtigste!"

Niemand fand an Lilos Plan Gefallen, doch das Superhirn der Bande war unbeirrbar. „Wir haben gestern Nacht genau das Falsche gemacht! Versteht ihr? Wir haben eine große Chance vertan, Lisa zu befreien!", ärgerte sie sich.

An diesem Tag legte Björn fünfhundert Kilometer zurück – eine Rekordleistung auf der schneeglatten Fahrbahn. „Noch fünfzig Kilometer und dann übernachten wir im erstbesten Hotel, das wir finden. Spätestens morgen Mittag erreichen wir das Küstenstück, das in der Nähe des Trollfjords liegt. Dort lebt ein Freund von mir, der einen Hubschrauber besitzt", sagte Björn, als er die Straße verließ und eine Tankstelle ansteuerte.

Axel, Lilo, Poppi und Dominik kletterten aus dem Wagen und blickten sich suchend um. Den ganzen Tag lang hatten sie nach Erics Auto Ausschau gehalten. Björn hatte nur erkennen können, dass es ein sehr großer, langer grüner Wagen war, wahrscheinlich ein Volvo Kombi. Aber in all den Stunden auf der Landstraße war ihnen kein einziger grüner Volvo aufgefallen.

„Kommt, wir gönnen uns eine Tasse Tee aus dem Automaten!", schlug Björn vor.

Sie betraten das Häuschen neben der Tankstelle, wo sich einige Lastwagenfahrer aufwärmten und miteinander redeten.

Die Fernfahrer unterhielten sich auch mit Björn und warnten ihn vor der nächsten Strecke. Vierzig Kilometer lang gebe es links und rechts von der Straße nur weite Ebenen, über die die starken Winterstürme ungehindert hinwegfegten. Manchmal würde die Fahrbahn so schlimm verweht werden, dass sie nicht mehr auszumachen sei.

„Also sei schön vorsichtig! Und schau zu, dass du genug Benzin im Tank hast. Denn wir können dich nicht abschleppen kommen, wenn du stecken bleibst!", scherzten sie. „Wir haben nämlich die Strecke schon hinter uns!"

Björn lachte und sagte stolz: „Alles unter Kontrolle! Der Tank ist voll und außerdem habe ich schon ganz andere Sachen erlebt! Ich bin ja schließlich kein Anfänger."

Die Knickerbocker und ihr norwegischer Freund stiegen ins Auto. Die Fahrt ging weiter. Es war sieben Uhr abends. Gegen neun hofften sie in ihren Betten zu liegen.

Alle waren müde und grübelten schweigsam vor sich hin. Im Licht der Scheinwerfer sah man, worüber die Fernfahrer gesprochen hatten. Neben der Landstraße erstreckte sich eine endlose Tundra.

Sie hatten ein gutes Stück der Strecke zurückgelegt, als der Motor des Wagens zu stottern begann. Er ruckelte und blubberte und starb schließlich ab.

Die vier Freunde zuckten erschrocken zusammen und schauten über Björns Schulter.

„Was ist los?"

Ihr Chauffeur hatte keine Ahnung. Er drehte den Schlüssel einige Male im Zündschloss, aber der Motor tat keinen Mucks.

„Scheißkarre! Was soll denn das?", tobte Björn und trat wütend auf die Pedale. „Ich habe doch eben noch vollgetankt!"

Björn stieg aus, öffnete die Motorhaube und schüttelte ratlos den Kopf. Er verstand so gut wie nichts von Automotoren. Er umrundete den Wagen. Plötzlich blieb er wie angewurzelt stehen und die Knickerbocker sahen, wie er tomatenrot im Gesicht anlief. Björn wagte es kaum, ihnen in die Augen zu schauen, als er ihnen seinen schrecklichen Fehler gestand.

„Ich habe aus Versehen Diesel statt Benzin getankt“, sagte er kleinlaut. „Mein eigenes Auto läuft mit Diesel und Vater schärft mir jedes Mal ein, dass ich das nicht verwechseln soll, wenn ich den Geländewagen nehme.“

Voller Panik studierten die fünf die Landkarte. Die Tankstelle lag nun schätzungsweise über zwanzig Kilometer weit zurück. Und knapp zwanzig Kilometer trennten sie von der nächsten Siedlung.

Sie saßen in der Schneewüste fest!

WANDERUNG DURCH DEN SCHNEESTURM

Nachdem allen bewusst geworden war, wie aussichtslos ihre Lage war, sagte eine Zeit lang keiner etwas. Sie waren sich im Klaren darüber, was sie nun erwartete.

„Die Standheizung funktioniert jetzt natürlich auch nicht. Das bedeutet, wir haben bald dieselbe Temperatur im Auto wie draußen. Minus fünfzehn Grad Celsius!“, jammerte Dominik.

„Die Taschenlampenbatterien halten noch höchstens zwei bis drei Stunden. Wenn wir uns zu Fuß auf den Weg machen, stehen wir bald in der stockfinsteren Nacht!“, sagte Axel verzweifelt.

„Wir sind für diese Kälte ohnehin nicht dick genug angezogen!“, meinte Poppi ängstlich.

„Tja, und es besteht kaum Hoffnung, dass um diese Zeit ein Wagen vorbeikommt“, seufzte Lilo.

Danach folgte wieder Schweigen.

Björn verfluchte sich schon zum zwanzigsten Mal, dass er sich auf dieses waghalsige Abenteuer eingelassen hatte.

„Wie kommen wir von hier wieder fort?“ Das war die Frage, die alle beschäftigte.

„Wir können nicht einfach hier sitzenbleiben und frieren. Das wäre Wahnsinn!“, rief Axel.

Seine Freunde stimmten ihm zu.

„Wir haben noch ein paar Tafeln Schokolade, einige Dosen Cola, Kekse und den Kuchen von der Wirtin des Motels“, sagte Dominik. Verhungern würden sie also nicht.

Lilo überlegte, was ihr Vater in so einer Lage machen würde. Er war Bergführer und war schon einige Male in schwierige Situationen geraten. Papa würde jetzt auf jeden Fall versuchen Hilfe zu holen, dachte sie.

„Leute, es ist das Beste, wir teilen uns auf!“, meinte das Superhirn. „Björn bleibt beim Wagen. Und ich marschiere los. Wenn ich schnell gehe, bin ich in vier Stunden im nächsten Dorf und schlage Alarm. Vielleicht kommt mir unterwegs ein Auto entgegen, dann halte ich es auf. Oder es taucht hier ein Wagen auf. Dann stoppt ihr ihn und holt mich ein." Der Plan klang gut. „Wer kommt mit mir?", fragte Lilo.

Axel meldete sich sofort.

„Björn, hast du irgendwelche Decken dabei, die du uns mitgeben kannst?"

Björn nahm zwei Aludecken aus dem Kofferraum. „Wickelt euch gleich darin ein!", empfahl er den beiden Knickerbockern. Dann kramte er zwei knallgelbe Regenjacken hervor, und aus seiner Reisetasche fischte er zwei Pullis.

Axel und Lilo zogen alles an, um sich gegen die unerbittliche Kälte zu schützen. „Eure Taschenlampen brauchen wir auch", sagte Axel. „Wenn unsere den Geist aufgeben, könnten sie uns sehr nützlich sein!"

Dominik und Poppi sahen das ein. Dennoch trennten sie sich nur schweren Herzens von den Lampen.

Björn wollte die beiden Freunde dann doch noch von ihrem Vorhaben abbringen.

„Hast du einen besseren Vorschlag?", fragte Lilo schnippisch.

Björn schwieg betreten. Diese vier waren ihm

ständig um eine Nasenlänge voraus, obwohl sie viel jünger waren als er.

Axel und Lilo verließen den Wagen, drehten sich im Licht der Scheinwerfer um und winkten. Sobald die Dunkelheit sie verschluckt hatte, schaltete Björn die Lichter ab, um die Batterie zu schonen. Für die drei im Auto begann das Warten. Björn kletterte auf die Rückbank, setzte sich zwischen Poppi und Dominik und nahm die beiden in die Arme. Sie kuschelten sich in eine dicke Wolldecke und wärmten einander.

Lilo und Axel gingen hintereinander her. Sie starrten schweigsam auf den Weg. Zum Glück war am späten Nachmittag der Schneepflug gefahren, und der Sturm hatte die Fahrbahn noch nicht völlig zugeweht. Da sie kaum im Schnee versanken, kamen sie gut voran. Der eisige Wind drang jedoch nach und nach durch alle Kleiderschichten. Den beiden wurde kalt bis auf die Knochen.

„Gehen, gehen, gehen! Immer bewegen!“, murmelte Axel. Zuerst hatte er die Hände samt Handschuhen tief in die Jackentaschen gesteckt. Jetzt aber schlug er mit den Armen um sich, da ihn die Bewegung ein wenig wärmte.

Nach einer halben Stunde fiel Lilos Taschen-

lampe aus. Die Batterien schienen der Kälte nicht standzuhalten. Lilo holte Poppis Lampe aus der Tasche, die aber auch den Dienst verweigerte. Axels Taschenlampe brannte noch.

„Keine Angst! Dominik hat eine Speziallampe besorgt, die bei extremer Hitze und Kälte funktioniert!", rief Axel seiner Freundin zu. „Falls meine auch ausgeht, werden wir die nehmen!"

Es folgte eine weitere halbe Stunde anstrengender Fußmarsch. Axel und Lilo blickten weder nach links noch nach rechts, da die Dunkelheit sie sehr ängstigte. Lilo dachte unwillkürlich an unheimliche Gestalten, die in der Finsternis lauern könnten. Kein Wunder, dass in diesem Land viele Sagen entstanden waren, in denen bösartige Trolle eine wichtige Rolle spielten.

Axels Taschenlampe erlosch und er zog Dominiks Gerät hervor. Entsetzt bemerkte er, dass er vorhin, als er die Hände in die Jacke gestopft hatte, die Lampe aus Versehen eingeschaltet haben musste: Die Batterien waren fast verbraucht.

Lilo setzte zu einer wüsten Beschimpfung an, doch dann fragte sie nur verzweifelt: „Na, was machen wir ohne Licht?"

„Schneller gehen!" Das war das Einzige, was Axel einfiel.

Ein zuckender Lichtschimmer ließ Lilo von der Straße aufblicken. Oh nein, nur kein Gewitter! Das hätte ihnen gerade noch gefehlt. Aber das Licht war kein Blitz gewesen. Es handelte sich vielmehr um eine lange, dünne Lichtfahne, die zuerst grün, dann gelb und schließlich für kurze Zeit strahlend weiß wurde.

Die Fahne wand sich wie eine Schlange und peitschte nach allen Seiten über den Himmel. Sie teilte sich in mehrere dünne Schleier, die sich später wieder bündelten und vereinigten. In diesen Momenten war die Leuchtkraft der Erscheinung am stärksten.

„Das ist das Polarlicht!“, staunte Lilo hingerissen. Dominik hatte ihr davon erzählt, aber gesehen hatte sie es noch nie.

Schaurig war das Polarlicht aber auch. Es wirkte wie ein riesiger Geist, der über den Himmel spukte. In früheren Zeiten hatten es die Nordländer für die Seelen der Verstorbenen gehalten.

„Weiter, weiter, immer weiter!“, spornte sich Lilo an. Sie hatte bemerkt, dass der Schein von Dominiks Supertaschenlampe bereits schwächer wurde. Wie lange würden die Batterien noch halten? Zehn Minuten, eine Stunde, zwei Stunden? Lilo versuchte diese Gedanken zu vertreiben. Es hatte keinen Sinn, sich darüber den Kopf zu zerbrechen.

Die Taschenlampe ging schneller aus, als sie befürchtet hatte. Nicht einmal fünf Minuten später erlosch sie. Rund um Axel und Lilo war stockfinstere Nacht. Die beiden standen nebeneinander und der Sturm ließ sie vor Kälte zittern.

„Lilo … ein Auto! Da kommt ein Auto!“, rief Axel plötzlich. „Scheinwerfer, eindeutig … wir sind gerettet!", jubelte er. Er sprang mitten auf die Fahrbahn und begann wild zu winken. Lilo schrie aus vollem Halse, obwohl sie der Autofahrer sicher nicht hören konnte.

Nur zehn Meter vor ihnen hielt ein kleiner Geländewagen und der Motor wurde abgeschaltet. Das Scheinwerferlicht blendete die Knickerbocker so sehr, dass sie den Fahrer nicht erkennen konnten. Deshalb liefen sie zum Auto und klopften an die Scheibe der Fahrertür.

„Bitte lassen Sie uns einsteigen, wir haben eine Panne! Bitte!", rief Axel, als diese nicht heruntergekurbelt wurde. „Wir ... wir brauchen Ihre Hilfe!"

Lilo erkannte als Erste, wer da hinter dem Steuer saß ...

DER NÄCHSTE ÜBERFALL

Es war Eric! Er hatte zwar keinen Bart mehr, aber es bestand kein Zweifel. Mit trüben Augen starrte er die Knickerbocker an.

Plötzlich stieß er die Wagentür auf und knallte sie gegen Axel. Der Junge wurde zur Seite geworfen, verlor das Gleichgewicht und landete auf dem Rücken. Ein stechender Schmerz raste durch seine Wirbelsäule.

Lilo war für einen Moment wie gelähmt. Dann taumelte sie nach hinten, konnte aber ihren Blick nicht von dem Verbrecher wenden. Was wollte er jetzt? Reichte es ihm nicht, sie in diese eisige Wildnis gelockt zu haben?

Eric hatte das Auto gewechselt, damit man ihn

nicht verfolgen konnte, und war nun mit diesem kleinen Geländewagen unterwegs.

Auf einmal brüllte Lilo: „Wo ist Lisa? Geben Sie Lisa heraus! Sie mieses Schwein!“

Erics Augen weiteten sich, als er den Namen hörte. Er stieß einen tiefen gurgelnden Schrei aus und stürzte sich auf das Mädchen.

Lilo wich aus und rannte in die Dunkelheit.

„Axel, komm, komm!“, rief sie. Eric setzte ihr blitzschnell nach.

Axel rappelte sich mühsam auf – jede Bewegung tat ihm weh.

Lilo stürmte unterdessen weiter. Flucht war ihr einziger Gedanke. Ihr Plan, Eric zu fassen und ihn zu zwingen, Lisa herauszugeben, hatte sich in Luft aufgelöst. Dieser Mann war viel zu gefährlich.

Mittlerweile war Axel auf die Beine gekommen und schaute seiner Freundin etwas ratlos nach. Zwischen ihr und ihm war Eric. Er konnte ihr nicht einfach nachlaufen. „Lilo … was soll ich machen?“, schrie er.

Eric zuckte zusammen und drehte sich im Laufen um. Das hätte er besser nicht getan. Auf einer Eisplatte, die nur von einer dünnen Schneeschicht bedeckt war, rutschte er aus. Es riss ihm die Beine weg, er krachte hart auf dem Boden auf und rang nach Luft.

Da hatte Axel eine Idee. „Lilo, komm zurück … mach einen Bogen um ihn und komm zum Auto!“

Das Mädchen blieb stehen.

„Worauf wartest du noch, beeil dich lieber!“, herrschte Axel Lilo an. „Los!“

Er raste zu Erics Wagen und riss die Fahrertür auf. Ein kleines Ding bereitete ihm jetzt mehr Freude als die sieben tollsten Weihnachtsgeschenke zusammen. Es war der Autoschlüssel, der im Zündschloss steckte!

Lilo wich Eric, der sich vor Schmerzen krümmte, in einem großen Bogen aus. Nur mit größter Mühe schaffte es dieser Mörder, sich langsam aufzurichten. Während Lilo über die gefrorene Wiese rannte, musste sie sehr aufpassen, dass sie nicht stürzte. Langsam kämpfte sie sich voran und näherte sich dem Auto.

„Einsteigen, los!“, befahl ihr Kumpel. Er hatte sich auf den Fahrersitz geschwungen und fingerte hektisch an den verschiedenen Schaltern herum.

„Willst du … das Auto etwa fahren?“, fragte Lilo fassungslos.

„Nein, ich baue es zu einer Waschmaschine um!“,

schnauzte Axel sie an. „Drück lieber die Knöpfe runter, damit Eric die Türen nicht öffnen kann!“

„Seit wann kannst du denn Auto fahren?“, rief Lilo außer sich.

„Das habe ich bei meinem Onkel Erich gelernt. Auf seinem Bauernhof. Er hat mich auf seinen Feldwegen fahren lassen. Er hat danebengesessen und mir alles angesagt. Jetzt muss ich eben alles selbst machen!“, antwortete Axel.

Eric war wieder auf den Beinen. Er schwankte etwas und hielt sich das Kreuz, aber er konnte gehen. Jeder Schritt schien ihm Schmerzen zu bereiten, das hinderte ihn jedoch nicht daran, auf den Wagen zuzusteuern.

Axel trat auf das mittlere Pedal und drehte den Zündschlüssel. Das Auto begann wie ein Hase nach vorn zu hoppeln, und die beiden Knickerbocker stießen mit den Köpfen gegen die Windschutzscheibe.

„Blödmann!“, zischte Lilo.

Axel sagte nichts. Für Streit war jetzt keine Zeit. Eric war höchstens zwanzig Schritte von ihnen entfernt.

„Jetzt langsam … ganz langsam!“, flüsterte Axel sich zu.

Lilo wollte ihn nicht noch nervöser machen und beruhigte ihn: „Ja, schön langsam … du schaffst es! Du schaffst es!"

Genau diesen Zuspruch hatte Axel gebraucht. Er schloss für eine Sekunde die Augen und war in Gedanken bei seinem Onkel Erich auf dem Feldweg. Schon wusste er, was zu tun war.

Ihr Verfolger begriff, was sie vorhatten. Seine steifen Schritte wurden schneller, er begann zu laufen.

Axel trat auf das linke Pedal. Er unternahm einen neuen Startversuch – aber der Motor sprang nicht an. Es klang, als würde er ständig „JaaaaJaaaaaJaaaa" sagen.

Noch einmal!

Eric war mittlerweile bei ihnen angelangt.

Axel erschrak und brüllte: „Lilo, du hast den Knopf nicht runtergedrückt!"

Das hatte sie tatsächlich völlig vergessen! Als Lilo nun den schwarzen Knopf, mit dem man die Türen versperren konnte, betätigen wollte, war es zu spät. Eric hatte es geschafft, Axels Tür einen Spaltbreit zu öffnen. Axel packte mit beiden Händen den Innengriff und versuchte, die Tür festzuhalten, aber der Mann hatte Bärenkräfte. Mit heiserem Gebrüll, bei dem er den Mund wie ein wild gewordenes Tier verzerrte, zog er am Außengriff. Er stemmte die Füße gegen den Boden und lehnte sich zurück.

Lilo beugte sich über ihren Kumpel und kam ihm zu Hilfe. Sie ergriff die Fensterkurbel und krallte sich daran fest.

Der Angreifer zerrte an der Tür. Zentimeter für Zentimeter öffnete sie sich.

„Ich zähle bis drei … und dann lässt du los!“, keuchte Axel.

„Spinnst du?“, schrie Lilo. Aber sie hatte keine Gelegenheit, weiter nachzufragen.

„Eins … zwei … drei!“ Die Tür schwang auf und Axel versetzte ihr sogar noch einen Stoß.

Damit hatte Eric nicht gerechnet. Er verlor das Gleichgewicht und stürzte nach hinten.

Augenblicklich schlug Axel die Wagentür zu und drückte den Sperrknopf nach unten. Jetzt das Kupplungspedal treten und den Zündschlüssel drehen!

„Bitte, bitte, bitte: Spring an!“, kreischten die Detektive.

Jaaaaaaa! Der Motor hatte ihr Flehen erhört und begann zu laufen.

Eric stand bereits wieder und setzte zum nächsten Angriff an.

„Festhalten!“, schrie Axel. Er legte den ersten

Gang ein und ließ die Kupplung kommen. Gleichzeitig trat er auf das Gaspedal und der Geländewagen schoss wie eine Rakete davon. Eric sprang ins Leere.

„Super! Super!", lachte Lilo und klatschte vor Begeisterung.

„Warte noch ein bisschen, wir sind noch nicht bei unserem Auto!", bremste Axel ihre Freude.

Das hier war völlig anders, als in Begleitung seines Onkels auf einem holprigen, aber trockenen Feldweg dahinzuzuckeln.

Jetzt musste Axel die Fahrtechnik eines erfahrenen Autofahrers aufbringen, um heil bei Björn, Poppi und Dominik anzukommen. Es erforderte absolute Konzentration und war Schwerstarbeit. Er musste auf die glatte Fahrbahn achten und jedem Rutschen des Wagens gegensteuern. Axel schwitzte, obwohl die Heizung nicht funktionierte.

„Da sind sie! Da! Da! Da!", rief Lilo nach einer Weile. Vor ihnen war Björns großer Wagen aufgetaucht, aus dem der Norweger und die beiden Knickerbocker sofort heraussprangen, als sie das Auto erblickten. Sie winkten und versperrten die Straße. Den dreien blieb vor Staunen die Spucke weg, als sie sahen, wer aus dem Wagen stieg.

„Wir … wir fahren am besten zur Tankstelle zurück! In der anderen Richtung lauert irgendwo Eric“, sagte Lilo. „Los, einsteigen!“

Björn, Poppi und Dominik holten ihre Rucksäcke aus dem Auto und die beiden Detektive kletterten mit Axel auf die Rückbank des kleinen Geländewagens.

AUF ZUM TROLLFJORD!

Mit offenem Mund hörten Poppi und Dominik zu, als ihre beiden Knickerbocker-Freunde von ihrem Abenteuer mit Eric erzählten. Am Steuer saß nun Björn, der meinte: „Ich bin sicher, diese Karre ist geklaut. Eric hat sie sich geschnappt, weil wir den anderen Wagen gesehen haben."

„Was glaubt ihr, was macht er jetzt?", fragte Poppi leise. Der Mann war gefährlich und dennoch tat er ihr leid.

„Mir egal!", brummte Axel. „Ich habe genug von diesem Irren! Hoffentlich erwischt ihn jetzt endlich die Polizei!"

Die Knickerbocker und Björn konnten beim Besitzer der Tankstelle übernachten, der sie freundlich in Empfang nahm. Die Polizei stellte den gestohlenen Wagen sicher und nahm ihre Aussagen auf. Nach Eric wurde weiter gefahndet. Doch in der Nacht war die Suche so gut wie aussichtslos.

Vor dem Schlafengehen telefonierte Björn wieder mit seinen Eltern, erzählte aber nichts von den aufregenden Ereignissen. Sie ängstigten sich schon so genug und baten ihn erneut, sofort zurückzukommen.

Lilo, die neben ihm stand, beantwortete seinen fragenden Blick mit einem Kopfschütteln. Eric war noch immer nicht gefasst. Seine Forderung nach dem Schatz blieb bestehen, und es waren nur noch fünf Tage bis zur Übergabe. Sie mussten darauf hoffen, dass er Lisa dann freilassen würde. Lars' Zustand besserte sich zwar langsam, aber er musste sich noch einige Zeit schonen.

Lilo hatte den starken Verdacht, dass sie auf der richtigen Spur waren. Sonst wäre Eric ihnen doch nicht gefolgt! Hätten sie die falsche Richtung eingeschlagen, hätte er sie einfach losziehen lassen. Lisa hatte sich seit einiger Zeit nicht mehr gemeldet. Und offensichtlich hatte Eric sie auch nicht bei sich. Das war kein gutes Zeichen …

„Wie kommen wir jetzt weiter? Unser Auto ist

kaputt und die Reparatur wird dauern. Die Zeit drängt!", seufzte Björn.

Der Tankstellenbesitzer erwies sich als Retter in der Not. Er versprach, nicht nur den Geländewagen von Björns Vater abzuschleppen, sondern wollte ihnen sogar einen Wagen leihen. „Auf der Rückreise kommt ihr hier wieder vorbei und die Autos werden einfach ausgetauscht!"

In dieser Nacht schliefen die fünf Abenteurer zusammen in einem Zimmer. Die Fenster waren durch Läden gesichert und die Tür hatten sie zweifach abgesperrt.

Am nächsten Tag setzten sie die Reise in den Norden fort. Die Knickerbocker hatten ein sehr mulmiges Gefühl, als sie an ihrem Wagen vorbeikamen, der letzte Nacht in der Eiswüste stehen geblieben war. Mittlerweile bedeckte ihn eine fast handbreite Schneeschicht.

Die genaue Stelle, an der Lilo und Axel dem Ausbrecher begegnet waren, ließ sich nicht mehr feststellen.

„Er kommt uns jetzt nicht mehr nach!", sagte Lilo.

„Hast du dafür eine Garantie?", fragte Dominik.

Lilo schüttelte den Kopf und schwieg.

Erst am Abend trafen sie bei Björns Freund Ole ein. Er lebte an der Küste, flog mit seinem Hubschrauber Rettungseinsätze und versorgte die Bewohner kleiner Inseln, zu denen im Winter keine Schiffe gelangen konnten. Er bewohnte ein Holzhaus direkt am Meer und war chaotisch wie kaum jemand.

In seiner Bude sah es aus, als hätte eine Bombe eingeschlagen. Überall lagen Hosen, Hemden, Socken, Schuhe, Pullis, Bücher, Karten und Lebensmittel. Dazwischen lagen die Schalen von Nüssen, die Ole gern in sich hineinstopfte.

Die Haare auf seinem Kopf waren struppig und dick wie Draht. Sie standen wie bei einer Bürste in die Höhe. Rundherum aber ringelten sich Locken, die seit einem Jahr keinen Kamm mehr gesehen hatten.

Ole war zwar der unordentlichste Mensch der Welt, aber er schien das überhaupt nicht zu merken. Sein Chaos war für ihn selbstverständlich. Als er den Knickerbockern und Björn Platz anbot, beförderte er mit einigen geschickten Fußtritten seine Klamotten von den Stühlen und machte eine einladende Handbewegung.

Hungern musste man bei Ole jedenfalls nicht. Man tastete ganz einfach die Umgebung ab, bis man etwas Essbares fand.

Björn und sein Freund lachten eine Weile über die Späße, die sie in der Schule gemeinsam ausgeheckt hatten, aber Lilo unterbrach sie schließlich: „Wir haben nur noch wenige Tage Zeit, um nach der Höhle des Eiskalten Trolls zu suchen!“, sagte sie bestimmt. „Wir wissen nichts Genaues, haben aber den Verdacht, dass die Sage etwas mit dem Trollfjord zu tun hat. Was wir suchen, ist eine Höhle, in der … ein Schatz oder irgendetwas Wertvolles versteckt ist!"

Ole hatte ihr sehr angestrengt zugehört, da sein Deutsch nicht besonders gut war. Er hatte sie aber verstanden und erzählte auf Norwegisch, was er wusste.

Björn übersetzte: „Unterhalb der Spitze der Felsen, die den Trollfjord bilden, befinden sich mehrere Höhlen. Eine dieser Höhlen wird als Eishöhle bezeichnet."

Lilo horchte auf. „Das könnte sie sein!"

Ole machte einen Vorschlag: „Ich könnte euch mit dem Hubschrauber auf einen Gipfel der Trolltindene bringen – so heißen die Berge im Trollfjord. Ich suche auf der Karte einen Landeplatz, der möglichst nah bei der Eishöhle liegt. Dort setze ich euch ab. Aber ich kann morgen nicht auf euch warten, da ich einige Versorgungsflüge zugesagt habe. Ich hole euch übermorgen ab."

Poppi blickte ihn erschrocken an. „Heißt das, wir müssen im Freien übernachten? In dieser Kälte?"

Ole bejahte. „Aber keine Sorge, ich habe alles,

was man dafür so braucht. Ein Thermozelt, Schlafsäcke, einen Kocher, einen kleinen Ofen, einfach alles. Und Björn kennt sich aus."

Der junge Norweger nickte stolz. Er hatte tatsächlich schon einige Male im Winter kampiert.

„Oder ihr wartet zwei Tage", bot Ole an.

Die Knickerbocker lehnten dankend ab. Sie wollten keine Verzögerung riskieren.

Als Björn an diesem Abend zu Hause anrief, erfuhr er etwas Entsetzliches.

„Stellt euch vor!", berichtete er. „Lisa hat sich gemeldet. Sie ist an eine Zeitbombe gekettet. In hundert Stunden läuft die Uhr ab. Wenn Lars bis dahin kein Ergebnis vorweisen kann, ist es vorbei. Eric kennt wirklich keine Skrupel."

Betroffen schwiegen die Knickerbocker. Poppi und Dominik, die vorhin noch lieber bei Ole hatten bleiben wollen, wussten jetzt, dass sie unter allen Umständen zur Eishöhle mitkommen würden.

SEENOT IN TAUSEND METERN HÖHE

Der Flug zum Trollfjord wurde zum Erlebnis. Der Himmel war bedeckt, aber zum Glück gab es keinen Nebel. Nach dem Start steuerte Ole Richtung Westen auf das Meer hinaus. Es war zugefroren und sah wie eine riesige Decke aus, in die jemand einige Löcher gebohrt hatte. Durch diese Löcher steckten die Felsen und Berge der Inseln ihre Köpfe. Sogar die Fahrrinne, die der Eisbrecher für die Postschiffe und Passagierdampfer geschlagen hatte, konnte man erkennen.

Die Knickerbocker hockten im Laderaum des Frachthelikopters und beugten sich abwechselnd aus der offenen Ladeluke, um die der eisige Wind pfiff. Natürlich waren sie angegurtet, damit sie nicht hinausfallen konnten. Björn saß in einer Ecke und hatte die Knie bis ans Kinn gezogen. Lilo fragte ihn gar nicht, was mit ihm los war. Es lag auf der Hand: Er hatte Höhenangst!

„Jetzt passt auf!", schrie Ole durch den Lärm der Rotoren. Er verließ seine Flughöhe und ging tief hinab. Dann flog er eine scharfe Kurve und raste nun direkt auf eine Felswand zu.

Lilo schrie auf.

Ole schüttelte sich vor Lachen und lenkte noch weiter nach links. Auf einmal war die Felswand zu Ende und machte einen Knick.

Vor ihnen lag nun eine ungefähr tausend Meter breite Schlucht, deren Wände bis in den Himmel zu ragen schienen.

„Tausend Meter hoch sind die Felsen der Trolltindene!", brüllte Ole. „Und fast senkrecht!"

Dominik grinste. „Äh … äußerst angenehm, dass wir da nicht hinaufklettern müssen!"

Ole steuerte jetzt in den schmalen Fjord hinein. Rechts und links von ihnen ragten Felswände empor. Plötzlich bekam das Motorengedröhn einen eigenartigen Klang. Es wurde immer lauter und richtiggehend Furcht einflößend. Die Detektive hatten das Gefühl, dass sie von anderen Hubschraubern umschwirrt wurden. Rund um sie herum donnerte und knatterte es. Das musste das Echo sein.

Es war Zeit für Ole, die Show zu beenden und zum Gipfel der Felsen zu fliegen. Der Motor wurde noch lauter und der Helikopter stieg in die Höhe. Wie in einem Lift glitten die Freunde nach oben. Die schroffen graubraunen Felsen, an denen da und dort der Schnee klebte, zogen an ihnen vorbei. Es dauerte ziemlich lange, bis die obere Kante der Steilwand auftauchte und der Hubschrauber auf sie zuschwenkte.

Über dem Fjord erstreckte sich ein Hochplateau, von dem mehrere Felsrinnen talwärts führten. Gekonnt setzte Ole auf der ebenen Fläche auf und stellte den Motor ab.

Einer nach dem anderen kletterte ins Freie. Hier war es noch viel kälter als am Meer. Und es herrschte eine geradezu gespenstische Stille. Alles schien versteinert, gefroren, tot.

Ole holte eine Karte aus einer Box unter dem Pilotensitz und breitete sie vor Björn und den Knickerbockern aus. Sie zeigte die Hochebene, auf der sie gerade gelandet waren. Ole fuhr mit dem Finger von einer Bergfalte zur anderen. Er zählte die Rinnen und machte bei der vierten halt.

„Ich habe mich vor unserem Abflug noch bei einem Einheimischen erkundigt!“, sagte er. „Die Eishöhle, die übrigens tatsächlich die Trollhöhle genannt wird, befindet sich hier in dieser Rinne. Der Abstieg dauert höchstens eine halbe Stunde. Der Eingang ist ganz in der Nähe und nicht zu übersehen. Alles, was ihr braucht, habe ich eingepackt. Auch zwei Paar Skier, falls ihr zur Höhle abfahren wollt. Wichtig ist aber eines: Ihr müsst hierher zurückkehren und das Zelt an dieser Stelle aufbauen! Falls es stürmt, sucht euch einen windgeschützten Platz in einer der Felsspalten! Morgen um elf Uhr komme ich euch abholen, und da müsst ihr unbedingt hier warten, sonst finde ich euch nicht. Ich will euch keine Angst einjagen, aber ihr wisst, was das heißt. Hier oben seid ihr verloren! Alles klar?“

Die Knickerbocker nickten. „Ich bin doch nicht völlig verblödet!“, knurrte Björn, den Oles Ermahnungen ein wenig verärgert hatten.

Ole holte einige blaue Bündel aus dem Frachtraum und ließ sie neben dem Hubschrauber in den Schnee fallen. Er hatte alle Ausrüstungsgegenstände, die die fünf benötigten, in der Nacht zusammengesucht und in reiß- und wasserfeste Kunststoffhüllen gesteckt.

„Bis morgen – und viel Glück!“, rief er den Detektiven zu, bevor er in seine Pilotenkanzel kletterte und abhob.

„Na ja, dann los!“, meinte Axel, als sich das Knattern des Hubschraubers langsam entfernte. „Wir nehmen alles mit, was wir für die Erforschung der Höhle brauchen, und machen uns auf den Weg!“

Die fünf stapften zu den blauen Paketen und begannen, die Verschnürungen zu lösen. Lilo hörte ein seltsames Klimpern und Klirren. Was war das? Was hatte Ole da eingepackt? Sie leerte den Sack aus. Mindestens fünfzig Konservendosen mit Erbsen, Karotten, Bohnen und Apfelkompott rollten heraus. „Wer soll denn das alles essen?“, fragte sie die anderen.

Axel nahm zwei Paar Skier aus einem Sack und steckte sie in den Schnee. „Ole spinnt ja!“, keuchte er. „Das sind Langlaufski, mit denen können wir doch nicht abfahren.“

Björn wurde hektisch und riss ein Paket nach dem anderen auf. Er entdeckte zwei große Pappkartons, tiefgefrorenen Fisch, Zeitschriften, Dosen mit Mehl, Zucker und Grieß, Butter und … Post. Ein ganzes Bündel Post.

Mit einem grellen Aufschrei schleuderte er die

Briefe in die Luft. Wie Riesenschneeflocken tanzten sie langsam zu Boden.

„Dieser hirnverbrannte Idiot!“, schrie Björn. Er stürzte bis zum Rand des Plateaus und brüllte: „Ole! Du Oberidiot! Komm zurück! Komm sofort wieder zurück!“

Poppi runzelte verwirrt die Stirn.

„Ole hat die Pakete verwechselt und uns die Sachen dagelassen, die er eigentlich auf die Inseln bringen sollte!“, tobte Björn.

„Und das Zelt? Der Ofen? Die Schlafsäcke?“, jammerte Dominik.

„Alles schön verpackt im Helikopter!“, stöhnte Poppi. Aber gleich darauf kam ihr ein tröstlicher Gedanke: „Ole wird den Irrtum schnell bemerken und umdrehen!“

Aber Björn musste sie enttäuschen. „Ole hat mir gesagt, dass er auf einer der Inseln übernachten wird. Er braucht mindestens sechs Stunden, bis er die erste erreicht. Selbst wenn er entdeckt, was er in seinem Chaos angerichtet hat …“

Diese Aussage traf die Knickerbocker wie ein Keulenschlag.

„Und … was … jetzt?“, flüsterte Poppi.

Den vieren fiel Oles ernste Warnung ein. Sie befanden sich in tausend Metern Höhe und waren in Not geraten. Wie ein Schiff auf offener See. Weit und breit war keine Rettung in Sicht.

Also mussten sie sich selbst helfen.

Aber wie?

IM SCHLITTENBOOT TALWÄRTS

Dominik blickte unter den zahlreichen Pullover-, Hemden- und Jackenschichten auf seine Uhr. Es war bereits Mittag.

Es blieben ihnen also höchstens zwei Stunden, bevor es wieder völlig dunkel wurde.

„Was ist … wenn wir zur Höhle absteigen und dort übernachten?“, schlug Axel vor. „Morgen früh klettern wir wieder herauf und warten auf Ole.“

Lilo antwortete: „Du tickst wohl nicht richtig! Das überleben wir doch nicht. Es ist viel zu kalt. Wir bräuchten dafür ein Zelt und Schlafsäcke. Wir haben ja nicht einmal etwas, womit wir Feuer machen können!“

„Na ja, die Kartons brennen sicher ganz gut“,

meinte Björn. „Aber wir haben keinen Dosenöffner, um die Konserven zu knacken."

„Haben wir doch!", rief Axel. „An meinem Taschenmesser ist einer dran."

Lilo hatte Schokolade und Kekse dabei. Trotzdem hatten sie vor einer Nacht im Freien panische Angst.

„Die Eishöhle werden wir jetzt lieber nicht untersuchen!", sagte Axel zaghaft.

„Natürlich nicht! Wir haben Wichtigeres zu tun. Ist dir das endlich klar?", fuhr Lilo ihn an. Wenn sie sehr angespannt war, konnte sie richtig kratzbürstig sein.

Axel zog den Kopf ein. Er hasste es, wenn sie ihn wie einen Dummkopf behandelte.

„Na, dann sag, was wir jetzt tun sollen, Frau Superschlau!", zischte er.

Lilo machte ein betretenes Gesicht. Sie wusste nämlich auch nicht, wie es jetzt weitergehen sollte.

Beleidigt drehte sich Axel um und trat wütend gegen einige Kartons. Ihr Inhalt schien ziemlich schwer zu sein.

Plötzlich bückte Axel sich und griff nach seinem Taschenmesser, um den Karton aufzuschneiden.

Erstaunt betrachtete er den orangeroten Klumpen, der vor ihm lag. Das Zeug sah aus wie eine große Gummiplane. Während sich seine Freunde mit Björn beratschlagten, wandte sich Axel der zweiten Schachtel zu. Auch sie enthielt eine Gummiplane. Allerdings war sie knallgelb. Obenauf lag ein Geschäftsbrief. Axel reichte Björn das Blatt und bat ihn zu übersetzen.

„Bitte entschuldigen Sie die verspätete Lieferung, aber die Schlauchboote sind erst am 1. Mai bei uns eingetroffen", las der Norweger. „Rechnungsdatum: 12. Juni!" Björn verdrehte die Augen. „Ole ist wirklich der unglaublichste Schlamp-Heini der Welt. Diese Boote liegen schon seit fast einem halben Jahr in seinem Lagerraum, und er hat einfach vergessen, sie auszuliefern!"

Axel befühlte die Gummihaut, die sehr dick war. Diese Boote waren anscheinend auch für raue See geeignet und wurden nicht gleich von der erstbesten Klippe zerschnitten.

Axel lief zum Abgrund und blickte in eine der schneebedeckten Felsrinnen.

„Björn, was befindet sich am Fuß der Felsen … ganz unten?", erkundigte er sich.

Der junge Mann zuckte mit den Schultern. „Keine Ahnung! Aber ich glaube, es leben dort ein paar

Menschen. Es gibt eine Straße, die zu verschiedenen Aussichtspunkten führt."

Axel nickte. „Gut, dann habe ich eine Idee!"

Lilo musterte ihn herausfordernd. So als wollte sie sagen: „Da bin ich aber neugierig, du Wicht!"

„Wir müssen vielleicht nicht darauf verzichten, wenigstens einen Blick in die Trollhöhle zu werfen", begann Axel. „Ich schlage vor, dass wir die beiden Schlauchboote aufblasen und sie als Schlitten verwenden!"

Atemlose Stille.

Lilo, Poppi, Dominik und Björn hatte es die Sprache verschlagen. „Wie bitte???", riefen sie dann wie aus einem Munde.

„Ja! Ihr habt richtig gehört. Wir nehmen die Boote als Schlitten und die Ruder als Steuer. Damit fahren wir talwärts. Es sind breite Hänge, die nicht allzu steinig aussehen. Wir könnten es bis zum Fuß der Berge schaffen!"

Lilo wollte schon etwas Ätzendes von sich geben. Sie überwand sich aber und blieb fair: „Das ist eine grandiose Idee, Axel!", sagte sie. „Ich wäre da nicht draufgekommen. Du bist spitze!"

Axel grinste triumphierend. Die kleinen Machtkämpfe zwischen Lilo und ihm gingen nie böse aus, und die beiden reichten sich zur Versöhnung die Hand.

„An die Arbeit, vielleicht findet ihr in den Paketen auch Pumpen!", kommandierte Dominik. „Wir dürfen keine Zeit mehr verlieren!"

Die Knickerbocker hatten Glück. Es gab nämlich tatsächlich welche, und so waren die Schlauchboote nach zwanzig Minuten startklar. Lilo packte einige Konservendosen in ihren Rucksack und stopfte alles hinein, was im Notfall als Brennmaterial dienen konnte.

Da sie bereits sehr hungrig waren, öffneten sie zwei Büchsen mit Bohnen in Tomatensoße und schlürften das kalte, nicht gerade lecker schmeckende Zeug – besser als gar nichts …

Björn durchsuchte noch einmal alle Pakete, die ihnen Ole zurückgelassen hatte, nach brauchbaren Dingen, fanden aber nichts mehr.

„So, lasst uns jetzt abstimmen! Nehmen wir die äußerste Rinne, die in eine Art Tal mündet, von dem aus wir höchstwahrscheinlich zu einer Siedlung kommen? Oder nehmen wir den anderen Weg und fahren zur Höhle?"

Die Entscheidung fiel klar aus. Es blieb nicht mehr viel Zeit und ihr Leben stand auf dem Spiel.

Die Höhle konnten sie auch am nächsten Tag erforschen.

„Für Björn, Poppi und Dominik das gelbe Boot, für Lilo und mich das orangefarbene!", entschied Axel, der sich wie der Kommandeur einer kleinen Schiffsflotte vorkam.

Sie schoben die Boote in Startposition und kletterten hinein. Dann stießen sie sich ab und die Talfahrt begann.

Der Wind pfiff ihnen um die Ohren, und die Kälte ließ die Gesichtshaut zu einer starren Maske werden. Die Fahrt wurde schneller und schneller. Über Nacht war etwas frischer Schnee gefallen, der nun wie eine weiße Wolke aufgewirbelt wurde.

Axel wurde nach einer kurzen Strecke mutiger und lenkte mit den Rudern so geschickt, dass das orangefarbene Boot elegante Schwünge machte.

Auch die anderen wurden übermütig und johlten vor Vergnügen. Diese Schlittenboote waren sensationell! Das Tempo stieg und der Pulverschnee stäubte auf. Wer hätte gedacht, dass sie an diesem Tag noch so viel Spaß haben würden?

NOCH EINMAL GLÜCK GEHABT!

„Oleeeee … oleoleoleeee!", grölte Axel und wagte es sogar, im Schlauchboot aufzustehen. Mit Müh und Not hielt er das Gleichgewicht, da jede Unebenheit hart durch den Gummiboden schlug. Die Arme hatte er wie ein Seiltänzer zur Seite gestreckt. „Juchuuuh!" Alle Schrecken der letzten Tage und der Schock über Oles Verwechslung waren in diesem Moment vergessen!

Doch mit einem Schlag war ihm nicht mehr nach Scherzen zumute.

In nicht allzu großer Ferne tauchte eine schwarze Kante auf. Es war ein Felsgrat, von dem der Schnee weggeweht worden war.

Wie ging es dahinter wohl weiter?

„Bremsen!", schrie Axel. „Bremsen!"

Lilo hielt es zuerst für einen Witz. „Ist es dir schon zu schnell?", lachte sie.

„Lilo, sofort bremsen!", brüllte Axel und schlug sein Ruder in den Schnee.

Lilo begriff, dass Axel es ernst meinte, und begann ebenfalls zu bremsen.

Das zweite Schlittenboot raste mit unverminderter Geschwindigkeit weiter in die Tiefe. Poppi, Dominik und Björn hatten nicht mitbekommen, dass ihre Freunde ihr Boot stoppten. Axel und Lilo mussten tatenlos zusehen, wie ihre Freunde direkt auf die Felskante zurasten. Wahrscheinlich lag dahinter ein tiefer Abgrund …

„Haaalt! Stoooopp!", brüllten sie aus Leibeskräften, aber man hörte sie nicht.

„Niiiiicht!" Es war jedoch schon zu spät. Das gelbe Schlauchboot schlitterte über die Felskante. Innerhalb einer einzigen Sekunde war es aus ihrem Gesichtsfeld verschwunden.

Axel und Lilo sprangen aus ihrem Boot, rannten den Hang hinunter und hielten nach ihren Knickerbocker-Freunden Ausschau. Sie rechneten mit dem Schlimmsten.

„Das Boot … das Boot … schau, dort unten!",

rief Axel entsetzt. Das gelbe Boot war als heller Punkt in der Tiefe erkennbar. Das Unglück war also tatsächlich geschehen.

„Hier … hier sind wir!", ertönte Poppis Stimme.

Lilo traute ihren Augen nicht. Es war … ein Wunder! Der Fels fiel zwar fast senkrecht ab, aber nach ungefähr drei Metern sprang eine breite Felsnase vor, die mit einer dicken Schneeschicht bedeckt war. Dort lagen ihre Freunde. Sie waren aus dem Boot geschleudert und so gerettet worden.

„Wartet, wir helfen euch!", versprach Lilo. Sie kniete mit Axel bei der Felskante und sah nachdenklich hinunter. Auf einmal bekam sie von hinten einen Schlag versetzt und stürzte ebenfalls. Unsanft landete sie im Schnee. Gleich darauf folgte Axel.

Wie ein orangefarbener Blitz sauste ihr Boot in die Schlucht. Es hatte sich selbstständig gemacht: Zunächst war es nur langsam den Hang nach unten gerutscht, dann aber war es immer schneller geworden und hatte sie dabei in die Tiefe gestoßen. Prustend und spuckend erhoben sie sich. Sie hatten alle Glück gehabt. Aber wie kamen sie jetzt weiter?

Lilo tastete nach hinten auf ihren Rücken. Wenigstens ihr Rucksack war noch da.

Björn untersuchte ihren Landeplatz und meinte: „Von hier führt eine fußbreite Felskante den Abgrund entlang. Wir müssen uns an der Wand festklammern und jeden Schritt vorsichtig setzen. Vielleicht dreißig Meter, dann erreichen wir eine breite Furche und können absteigen."

Was blieb der Bande anderes übrig, als den Versuch zu wagen?

Lilo machte als erfahrene Bergsteigerin den Anfang. Die Stufe im Gestein war sehr glatt. Lilo zog ihre Handschuhe aus, um sich besser festhalten zu können. Zentimeter um Zentimeter kämpfte sie sich voran und erreichte schließlich sicher das Ziel. Vor ihr lag ein breiter Hang. Ein Knickerbocker nach dem anderen folgte ihr. Den Abschluss bildete Björn. Wenigstens dieses Hindernis hatten sie ohne Zwischenfall überwinden können.

Mittlerweile hatten sie aber bereits viel Zeit verloren.

„Tempo!", kommandierte Axel.

Die fünf setzten sich in Bewegung und begannen mit dem Abstieg. Es wurde ein Wettlauf mit der Zeit! Ohne die Boote hatten sie keinen Schutz für die Nacht. Noch erlaubte ihnen das dämmrige Licht, wenigstens die Umrisse der Felsen zu erkennen. Sie mussten jetzt einen Platz finden, wo sie bleiben konnten.

Talwärts! Das war ihr einziger Gedanke.

Ihre Schritte wurden bald immer gleichmäßiger. Links, zwei, drei, vier! Links, zwei, drei, vier! Rund um sie verschmolz das Grau des Schnees mit dem Himmel. Sie hatten das Gefühl, sich in einer steilen Tunnelröhre zu befinden, die sie nach unten sog. In ihren Ohren setzte ein heftiges Rauschen ein, das lauter und dröhnender wurde.

War diese Gegend womöglich verhext? Hatte man sie deshalb mit Märchengestalten wie Trollen in Verbindung gebracht?

Johan, der Same

Poppi hatte eine ganze Weile nur auf ihre Füße gestarrt, die wie von allein durch den Schnee stapften. Nun aber blickte sie auf und krächzte mit belegter Stimme: „Rentiere! Da unten stehen Rentiere!"

Ihre Freunde schauten nicht einmal auf.

„Und um die Rentiere ist ein Zaun gezogen!", meldete Poppi.

Das Wort Zaun wirkte wie ein Zauberwort. Die Knickerbocker und Björn hoben den Blick. Eine Welle der Erleichterung durchflutete sie. Ein Zaun bedeutete, dass jemand die Rentiere als Haustiere hielt und sie fütterte.

„Daneben … da ist eine Hütte!" Poppi konnte ihr Glück noch gar nicht fassen. Die fünf waren von ihrem Abenteuer so mitgenommen, dass sie den dunklen Fleck erst jetzt ausmachen konnten. Wie beflügelt rannten sie los.

Hier war eine Hütte! Gleichzeitig bemerkten sie, dass auch wieder Bäume wuchsen. Sie waren also tief ins Tal hinabgestiegen.

Die graubraunen Tiere mit den hohen Geweihen glotzten die in Bergnot geratenen Freunde fragend an. So viele Menschen sahen sie hier nur selten. Nun entdeckten die Knickerbocker das Schönste. Aus dem Schornstein der Hütte quoll Rauch. Sie war bewohnt!

Sie jubelten vor Erleichterung und liefen auf die Hütte zu.

Die Holztür schwang auf und ein alter Mann trat heraus. Er trug ein buntes Wollgewand mit farbenprächtig bestickten Säumen. Sein Haar war grau und er schien nicht mehr allzu viele Zähne zu haben. Das mühsame Leben und die Kälte hatten tiefe Falten in sein Gesicht gezogen. Trotzdem hatte er etwas Verschmitztes, Fröhliches an sich.

„Das ist ein Same – so werden die Ureinwohner Nordnorwegens genannt“, erklärte Björn.

Er sprach den Mann in der Landessprache an und unterhielt sich kurz mit ihm. „Sein Name ist

Johan und er begrüßt uns hier in seiner Einsamkeit, in die er sich zurückgezogen hat, weil er mit dem Leben seiner Familie nicht einverstanden ist", berichtete Björn.

Die Hütte war gemütlich eingerichtet und bot gerade genug Platz für eine Person. Zu sechst wurde es ziemlich eng, aber Johan war ein besonders aufmerksamer Gastgeber.

Dankbar schälten sich die Knickerbocker aus ihren nassen Klamotten, und der Mann hängte sie zum Trocknen über den Ofen. Er holte Rentierfelle und Wollwesten, die wie seine aussahen.

Zu trinken gab es frisch gemolkene Rentiermilch und zu essen stand bald auch etwas bereit. Johan briet Eier und öffnete zwei Gläser mit eingelegten Heringen.

„Gut ausgestattet!“, meinte Axel.

Björn plauderte mit dem Samen und erzählte ihm, was geschehen war.

Der Mann brach in schallendes Gelächter aus, als der Name Ole fiel.

„Kennt er ihn?“, erkundigte sich Lilo.

Björn übersetzte und kicherte, als er die Antwort weitergab. „Ja, er kennt Ole, denn auch er wird von ihm versorgt. Ole bringt einmal die Woche Lebensmittel. Er landet ungefähr zehn Minuten von hier entfernt. Auch Johan hat er schon oft die falschen Sachen gebracht. Einmal waren fünf Paar Damenstrumpfhosen dabei!“

Die Bande lachte laut. Das sah ihrem verrückten Freund ähnlich.

„Wann kommt Ole denn wieder?“, wollte Poppi wissen.

„Übermorgen!“, sagte Björn.

Lilo schnaubte. „Hat Johan ein Telefon oder ein Funkgerät?“

„Nein, leider nicht!“, seufzte Björn. Hier musste man sogar Schnee in einem Topf schmelzen lassen, wenn man sich die Hände waschen wollte.

Übermorgen! Dann blieben nur noch zwei Tage, um den Eiskalten Troll und den Schatz zu finden. Das war verdammt wenig Zeit. Aber die Knickerbocker mussten sich keine Vorwürfe machen. Sie hatten alles versucht.

Dass sie nicht mit der Außenwelt in Verbindung treten konnten, stimmte sie noch aus einem anderen Grund traurig. Dominiks und Björns Eltern machten sich inzwischen bestimmt schon entsetzliche Sorgen, weil sie nichts mehr von den fünf Freunden gehört hatten.

Langsam, sehr langsam kamen die Detektive wieder zu Kräften. Lilo räumte ihren Rucksack aus und überreichte Johan ihre Lebensmittel. Sie würden mindestens einen Tag und zwei Nächte hier verbringen und wollten dem Rentierhirten nicht alle seine Vorräte wegessen. Keiner der Abenteurer sah eine Chance, früher ins Tal zurückzukehren.

Ganz unten in ihrem Rucksack entdeckte Lilo ein in Leder gebundenes altes Tagebuch. Es war mit einer Lasche versehen und mit einem kleinen Messingschloss abgesperrt. Die Ränder des Papiers waren vergilbt. Lilo betrachtete das Buch von allen Seiten.

Das war doch das Buch, das Frau Gustavson am Tag des Überfalls in ihren Händen gehalten hatte! Oder besser gesagt: das ihr aus den Händen gefallen war. Lilo hatte es aufgehoben und ihr zurückgeben wollen, aber sie hatte es nicht angenommen, sondern Lilo anvertraut.

Ein B und ein G waren in das Leder geprägt. Von der einstigen Goldfarbe der beiden Buchstaben war kaum noch etwas übrig.

„Björn, wie hieß der Bauer Gustavson mit Vornamen?“, fragte Lilo.

„Bosse!“, antwortete ihr Freund.

Damit stand für Lilo fest, dass es sich um sein Tagebuch handelte. Natürlich ist es absolut verboten, fremde Tagebücher zu lesen, aber in diesem Fall musste Lilo eine Ausnahme machen. Sie bat

Axel um sein Taschenmesser und knackte damit das Schloss.

Die Seiten waren aus ganz dünnem Papier und klebten zum Teil aneinander. Es war schon lange nicht mehr in dem Büchlein geblättert worden. Die Handschrift war klein und zierlich. Gustavson hatte gestochen schön geschrieben.

Lilo setzte sich neben Björn auf die Ofenbank und reichte ihm das Tagebuch. „Kannst du das für mich übersetzen?“, bat sie.

Der junge Mann runzelte die Stirn: „Alles? Dazu brauche ich eine Woche!“

Lilo lächelte milde. „Wir haben die ganze Nacht und den morgigen Tag. Und jetzt lies mir bitte vor, was auf der ersten Seite steht.“

Björn überflog die Zeilen und las vor: „Wer immer dieses Tagebuch liest und ahnt, welches Geheimnis es birgt, wird hier die Antwort finden. Unterschrift: Bosse Gustavson, im Jahre 1951.“

Björn studierte die nächsten Seiten und fasste sie für Lilo zusammen. Sie hörte ihm sehr aufmerksam zu. Leider hatte sie nichts zum Schreiben und musste sich deshalb die wichtigsten Dinge merken.

Mit der Zeit bekamen die beiden rote Köpfe vor Aufregung und nickten einander begeistert zu. Das schwache Licht der Talgkerzen machte das Lesen sehr mühsam, aber die zwei auf der Ofenbank ließen sich nicht beirren. Björn wurde nicht müde, immer weiter zu übersetzen. Es war bereits Mitternacht und die anderen schliefen schon, als er das Tagebuch zuklappte.

„Jetzt wissen wir, wo wir den Eiskalten Troll finden!", murmelte Lilo.

WO BLEIBT OLE?

Am nächsten Morgen, während alle Hafergrütze löffelten, verkündeten Lilo und Björn die Sensation. „Wir wissen jetzt, wo sich der Eiskalte Troll befindet!"

Axel, Poppi und Dominik konnten es nicht glauben. Lilo genoss den Triumph.

„Es war alles im Tagebuch des alten Bauern Bosse Gustavson versteckt. Der Troll, der sich ungeliebt fühlte und deshalb von zu Hause fortging, war niemand anderer als er selbst! Er, der immer nur auf dem Hof seiner Eltern gewesen war, reiste nach Norden, und die Strecke kam ihm sehr, sehr weit vor. Aber in Wirklichkeit waren es höchstens hundert Kilometer.

Er beschreibt eine Insel vor der Küste im Norden von Trondheim, auf der sich tatsächlich eine Höhle befindet. Ein Unwetter hatte ihn auf diese Insel verschlagen, und als er Schutz vor dem Regen suchte, hat er die Höhle gefunden. In ihr muss sich etwas unglaublich Wertvolles befinden. Etwas, das wirklich viel Geld bringt. Er dachte Tag und Nacht nur noch an das Vermögen, das er nun machen konnte, und plötzlich hatte er das Gefühl, dass sein Herz zu erkalten drohte. In der Geschichte ist an dieser Stelle davon die Rede, dass der Troll zu Eis erstarrt.

Seine Verlobte, die spätere Frau Gustavson, ist ihm tatsächlich nachgereist und hat ihn dort aufgestöbert. Sie hat ihn nicht etwa gefragt, ob er sie heiraten wolle. Nein, sie sagte einfach zu ihm: ‚Du Dummkopf, jetzt wird geheiratet!' Und so geschah es auch. Herr Gustavson hat den Schatz in der Höhle zurückgelassen und auf den Reichtum verzichtet. Doch er wollte, dass einer seiner Söhne oder Enkel den Schatz eines Tages finden könne. Nicht Habgier, sondern Klugheit sollte denjenigen zur Höhle führen.

Deshalb erfand er die Geschichte vom Eiskalten Troll. Nur wer den Bauern Gustavson gut kannte, konnte auf die Idee kommen, dass die Sage mit seinem eigenen Leben zu tun hatte. Seine Frau musste ihm auf Ehre und Gewissen versprechen, niemandem, auch ihren eigenen Söhnen nicht, nur eine Silbe davon zu verraten. Und sie hat, wie wir wissen, ihr Wort gehalten."

Alle hatten Lilo regungslos zugehört. „Und was ist in der Höhle?", wollte Dominik wissen.

Lilo zuckte mit den Schultern. „Das steht nicht im Tagebuch!"

Poppi fragte nachdenklich: „Werden ... wir ... diese Insel finden?"

Björn nickte. „Es wird nicht ganz einfach sein, und wahrscheinlich brauchen wir einen Helikopter dazu. Aber ich halte es für möglich. Mithilfe einer Landkarte können wir die Stelle an der Küste genau bestimmen. Der Bauer Gustavson hat genügend Hinweise gegeben. Vor allem beschreibt er einen Gletscher, der genau gegenüber der Insel auf dem Festland liegt. Das ist ein sehr guter Anhaltspunkt."

Jetzt gab es nur noch ein großes Hindernis: Sie mussten zurück in den Süden des Landes, aber ohne Ole kamen sie von hier nicht weg. Suchte er sie? Wenn ja, wo hielt er nach ihnen Ausschau? Würde er wirklich morgen zu Johan fliegen oder vergaß er auch das? In zwei Tagen lief die Frist ab, die Eric gesetzt hatte. Dann gab es für Lisa keine Hoffnung mehr. Die Bombe würde explodieren.

Die Stunden krochen dahin. Der alte Same versuchte seine Gäste ein wenig abzulenken und zeigte ihnen, wie er aus dem Geweih der Rentiere kleine Trolle schnitzte.

Johan schenkte den Detektiven Jacken und Hosen aus Fell und erklärte ihnen, warum sie viel besser gegen die Kälte schützten als Wollsachen. Dann sang er für sie wehmütige Lieder und führte sie zu den Rentieren, von denen sich einige sogar streicheln ließen.

Normalerweise wäre das ein wunderbares Erlebnis für alle gewesen, aber keiner der fünf konnte es richtig genießen, nicht einmal Poppi, die große Tierfreundin.

Ständig blickten die Knickerbocker sehnsüchtig zum Himmel hinauf. Wo blieb Ole nur? Sie hegten eine schlimme Befürchtung. Der junge Mann machte sich bestimmt große Vorwürfe, dass er die Ausrüstung verwechselt hatte. Und da er Björn und die Detektive nicht auf dem Plateau fand, suchte er sicherlich überall nach ihnen. Vielleicht würde er deshalb den Versorgungsflug zu Johan ausfallen lassen!

Langsam neigte sich der Tag seinem Ende zu, und die fünf Freunde wälzten sich unruhig auf ihren Notlagern aus Fellen und Heu. Sehr zeitig am nächsten Morgen wachten sie auf.

„Bitte, bitte, Ole, komm!", flehte Lilo.

„Er trifft meist gegen elf Uhr ein", sagte Johan.

Um halb elf zogen die fünf mit Johan los. Ihre wenigen Habseligkeiten und die Geschenke trugen sie bei sich. Sie durchquerten gerade ein kleines Waldstück, als über ihren Köpfen das Knattern des Helikopters ertönte. Da war er! Ole kam! Aber hoffentlich landete er auch. Falls er Johan nicht an dem üblichen Platz sah, flog er vielleicht weiter.

Und tatsächlich, der Lärm der Rotoren wurde leiser! Nein! Nein, das durfte nicht sein!

Die fünf Freunde stürmten auf die ebene Lichtung hinaus. Über dem Bergkamm beschrieb der Hubschrauber eine große weite Schleife. Würde er zurückkommen?

Ja! Da war er wieder! Langsam setzte er zur Landung an. Die Tür der Pilotenkanzel wurde aufgestoßen, und Ole purzelte bäuchlings in den Schnee. Er sprang auf und raste zu den Wartenden. Seine Haare standen noch mehr ab als sonst, und selbst die Locken schienen sich zu sträuben.

„Seid ihr Geister? Ich sehe Gespenster!“, schrie er außer sich.

Er wandte sich zu Björn um und trat ihn gegen das Schienbein. Als dieser aufjaulte, umarmte ihn Ole und begann wie verrückt zu tanzen.

„Ihr lebt! Hurrraaa!“, jubelte der Pilot. „Ich … ich … habe die Schlauchboote in der Schlucht gesehen und … dachte, ihr liegt tot in der Rinne!“

Doch für lange Erklärungen war jetzt keine Zeit. Johan erhielt seine Lieferung und die Knickerbocker und Björn bedankten sich überschwänglich bei ihm für seine Hilfe.

Danach kletterten sie in den Hubschrauber, und es ging los. Björn saß auf dem Sitz neben dem Piloten und trug wie dieser Kopfhörer mit einem Mikrofon. So konnte er sich mit Ole unterhalten und ihm alles erzählen.

Eine halbe Stunde später landeten sie auf dem Platz neben Oles Häuschen.

„Ich bin an allem schuld … ich stehe euch natürlich auch weiterhin zur Verfügung. Lasst mich euch helfen!“, sagte Ole.

Björn zögerte. Hieß das, ein neues Chaos heraufzubeschwören?

Dominik kam ein Horrorgedanke. „Ole, hast du

bei Björns Eltern angerufen und ihnen erzählt, dass uns etwas zugestoßen ist?“

Ole nickte langsam.

Björn eilte sofort zum Telefon und verständigte seinen Vater und seine Mutter, dass die Knickerbocker und er am Leben waren. Die Kaschas verlangten, sie sollten auf der Stelle zurückkommen. Aber davon wollten die Detektive nichts wissen.

Irgendwann legte Björn einfach auf! Die Lösung des Rätsels war zum Greifen nahe, und wenn sie bisher alles überstanden hatten, würden sie den Rest auch schaffen.

„Wir nehmen am besten den Zug zurück!“, entschied Björn.

Aber Ole winkte ab. „Nein, das ist unmöglich! Seit dem dreißigsten November streikt doch die Bahn im ganzen Land, weil bei mehreren Triebwagen ein schwerer technischer Defekt entdeckt worden ist, der Unfälle verursachen könnte. Schon seit einer Woche ist kein einziger Zug mehr gefahren und frühestens am achten Dezember, also in zwei Tagen, wird der Betrieb wieder aufgenommen.“

„Das darf doch nicht wahr sein!“, stöhnte Björn.

Ole machte eine beschwichtigende Geste und verkündete: „Ich werde alles für euch organisieren.

Ich besorge ein kleines Flugzeug, mit dem ich euch nach Trondheim bringe. Von dort geht es mit einem Hubschrauber weiter. Zum Glück habe ich überall Freunde, die uns helfen werden. Mit dem Hubschrauber fliegen wir dann zu der Insel, von der du erzählt hast. Morgen Vormittag seid ihr dort."

Axel pfiff durch die Zähne. „Toll! Björn, bitte ruf noch einmal an und frag Lars, ob sich Eric in der Zwischenzeit gemeldet hat! Sag ihm, dass wir morgen Abend vielleicht schon alles wissen!"

Björn griff nach dem Hörer und erfuhr, dass Lisa in Todesangst angerufen hatte: Die Bombe würde am achten Dezember um vierundzwanzig Uhr explodieren!

DIE HÖHLE DES TROLLS

Exakt zweiundzwanzig Stunden später war es dann so weit. Die Knickerbocker saßen mit Björn und Ole in einem Hubschrauber, der Kurs auf die geheimnisvolle Insel nahm.

Die Küste verschwand langsam im Dunst. Den Gletscher hatten sie bereits überflogen. Wie eine riesige Zunge reichte er fast bis zum Meer. Björn und die Detektive hatten den ganzen Nachmittag des Vortages damit verbracht, auf der Landkarte die genaue Lage der Höhle zu finden. Ihrer Meinung nach war es ihnen auch gelungen.

„Ich schätze, wir brauchen ungefähr zwanzig Minuten, bis wir die Insel erreichen", sagte Björn zu seinem Schulfreund Ole.

Dieser nickte und blickte nervös nach unten.

Es gab hier sehr viele kleine Felsgruppen, die aus dem Wasser ragten.

Bauer Gustavson hatte zwar in seinem Tagebuch angemerkt, dass die Insel für ihn wie das Gesicht eines Trolls aussah. Dabei hatte er aber mit Sicherheit den Anblick vom Meer aus gemeint. In der Luft half einem die Beschreibung daher wenig.

Axel hatte nach Lilos Angaben eine Skizze angefertigt. Herr Gustavson hatte genau festgehalten, wie die Inseln rund um die Trollinsel angeordnet waren und welche Form sie hatten. Ständig verglichen die Knickerbocker-Freunde die Zeichnung mit dem Bild, das sich unter ihnen bot.

Björn drehte sich um und bat um den Lageplan. Er hatte vorne in der gläsernen Kanzel einen besseren Ausblick.

„Wir haben sie … wir haben sie!", meldete Björn aufgeregt.

Unter ihnen lag eine kleine felsige Insel, die am Rand völlig kahl und in der Mitte ein wenig bewaldet war.

„Die Landung wird schwierig, der freie Platz bis zum Waldrand ist ziemlich schmal", sagte Ole etwas besorgt.

Doch beim dritten Versuch schaffte er es. Ein Ruck und der Helikopter stand auf einem Felsen. Den Knickerbockern schlugen die Herzen bis zu den Hälsen. Sie waren am Ziel!

Den Aufzeichnungen des Bauern zufolge mussten sie aber nun zum Strand hinuntersteigen, denn die Höhle befand sich auf Meereshöhe.

Ole hatte diesmal an alles gedacht. Sogar eine Strickleiter hatte er dabei, mit der sie schnell über die Klippen nach unten kletterten. Sie liefen über den steinigen Strand und ließen ihre Blicke über die ungefähr fünf Meter hohe Felswand schweifen. Dummerweise hatte Herr Gustavson nicht verraten, wo genau der Eingang zur Höhle lag.

Dominik trat ungeduldig von einem Bein aufs andere. „Ich muss mal pinkeln!“, gestand er und verschwand hinter einem Felsen, der wie ein Hinkelstein im Boden steckte.

Diese seltsamen Felsen waren den Detektiven bisher gar nicht aufgefallen.

„Moment mal!“, rief Lilo. „Ein solcher Stein könnte den Höhleneingang verdecken!“ Sie machten deshalb kehrt.

„Ich hab sie … ich hab sie!“, schrie Poppi, die ein Stück vorausgelaufen war.

Im Nu waren ihre Freunde bei ihr und blickten gespannt in die ungefähr drei Meter hohe und ein bis zwei Meter breite Öffnung, die tatsächlich die Form eines menschlichen Kopfes hatte.

Die Knickerbocker hatten von Ole extrastarke, wasserdichte Taschenlampen bekommen, die sie nun anknipsten. Sie leuchteten in die Dunkelheit und ließen die Lichtkreise über die feuchten, dunkelgrauen Wände streichen. Schritt für Schritt drangen sie in die Höhle ein. Der Boden war teils sandig, teils mit kleinen Steinen bedeckt. Die Wände waren glatt und wirkten wie geschliffen. Ein Gang führte sanft nach oben. An manchen Stellen war Wasser in die Höhle eingesickert und zu glitzernden, bizarren Gebilden aus Eis erstarrt.

Etwas Außergewöhnliches war aber auf den ersten Metern nicht zu entdecken. Der Gang machte einen Knick, führte dann leicht abwärts und wurde enger und niedriger.

Mit jedem Schritt wurde es den Abenteurern mulmiger.

Der Wind fuhr in den Höhlengang und verursachte einen heulenden Ton, der etwas Klagendes an sich hatte. Den Detektiven lief eine Gänsehaut über den Rücken.

Auch Ole und Björn befiel allmählich ein unbehagliches Gefühl.

Axel, der vorausgegangen war, blieb plötzlich stehen. Vor ihm hing ein schauriges Ding. Es sah aus wie ein vereistes riesiges Spinnennetz, das sich von oben nach unten und von links nach rechts spannte. Es war unmöglich, daran vorbeizukommen, ohne es zu zerstören.

Lilo zwängte sich zwischen Axel und der Felswand durch und betrachtete prüfend das seltsame Gebilde. Sie zog die Handschuhe aus und befühlte ein Stück davon mit den Fingern.

Unter ihrer warmen Hand schmolz das Eis. Nach und nach kamen Fäden zum Vorschein.

„Das muss ein altes Fischernetz sein", erklärte sie den anderen.

„Aber wozu wurde es hier quer über den Gang gespannt?", fragte Dominik.

Darauf wusste niemand eine Antwort.

„Wir müssen es zerreißen, es bleibt uns nichts anderes übrig", meinte Axel.

Aber keiner traute sich.

Die Knickerbocker-Bande, Björn und selbst Ole rührten sich nicht vom Fleck.

Schließlich leuchtete Lilo mit der Taschenlampe

durch ein Loch des vereisten Fischernetzes und beschrieb, was sie erkennen konnte. „Da glänzt etwas … ungefähr fünfzehn Meter weiter … das sieht aus …" Sie brach ab.

„Na, wie … wie sieht es denn aus?", fragte Poppi aufgebracht.

„Es sieht aus … wie ein Troll … mit roten Augen!", flüsterte Lilo.

„Die Rubine!", raunte Axel. Beherzt packte er das Netz und riss daran.

Die Folge war ein Krachen und Knirschen über seinem Kopf.

Auf einmal prasselten Stäbe auf ihn herab. Axel sprang zwei Schritte zurück. Dabei rempelte er Björn, der hinter ihm stand, so heftig an, dass dieser stolperte und hinfiel.

Nachdem noch ein gutes Dutzend Stäbe zu Boden gepoltert waren, landete schließlich ein kegelkugelgroßes Ding vor Axels Beinen.

Dem Knickerbocker schnürte es die Kehle zu.

ACHTUNG, FALLEN!

„Hilfe!“, schrie Axel. „Das … das sind ja Knochen. Menschenknochen! Und … ein Totenschädel!“

Ängstlich schauten die Knickerbocker und ihre Freunde auf den gruseligen Haufen. Lilo lenkte den Lichtstrahl ihrer Taschenlampe nach oben und entdeckte eine Öffnung in der Decke der Höhle. Sie sah aus wie ein Kamin.

„Da muss jemand heruntergeklettert und stecken geblieben sein!“, vermutete sie.

Vorsichtig stieß sie mit der Stiefelspitze gegen ein paar Knochen, die klappernd zur Seite rutschten. Der ungewöhnliche Ton ließ das Superhirn aufhorchen. Lilo bückte sich und hob einen Knochen auf.

„Wisst ihr was? Diese Knochen sind aus Holz geschnitzt oder aus Horn – jedenfalls sind die nicht echt!“, sagte sie.

Auch der Totenschädel war künstlich hergestellt worden. Das Netz und die Knochen sollten wahrscheinlich ungebetene Besucher abschrecken.

Lilo und Axel zerrten an dem Netz. Jetzt ließ es sich ganz entfernen und gab den Weg frei.

Der Gang wurde nun etwas breiter, aber nicht höher. Die sechs Schatzsucher konnten gerade noch aufrecht stehen.

Links und rechts erkannten sie mehrere Nischen im Felsen, bei deren Anblick sie sofort alarmiert waren.

„Da sind sicher noch weitere Fallen!“, flüsterte Lilo. Sie leuchtete den Boden ab und entdeckte dünne Drähte. Nur wer genau hinschaute, konnte sie wahrnehmen.

„Hat jemand einen Stock oder so etwas Ähnliches?“, fragte Lilo.

„Nein, so was haben wir nicht dabei!“, antwortete Björn.

Ole drängte sich nach vorn. „Aber ich habe lange Beine!“

Der Pilot war über zwei Meter groß und hatte in der Tat sehr lange Beine.

„Du willst den Mechanismus auslösen, ohne dabei in eine Falle zu geraten, richtig?“, fragte Ole.

Lilo nickte.

„Okay, ich werde es versuchen!“ Ole ließ sich zu Boden sinken und stützte die Hände nach hinten ab. Auf allen vieren rutschte er auf dem Rücken Stück für Stück weiter.

Lilo warnte ihn, wenn er einem der Drähte zu nahe kam.

„Und jetzt … tritt drauf!“, gab sie das Kommando.

Ole tat, was Lilo gesagt hatte.

Nichts geschah.

„Noch einmal!“, forderte ihn das Oberhaupt der Bande auf.

Ole holte mit dem Stiefel aus und traf mit voller Wucht den Draht.

Wieder geschah nichts.

„Ein letztes Mal noch!“, bat Lilo.

Diesmal schlug Ole noch stärker nach dem Fallstrick aus Metall und kratzte dabei mit dem Absatz so fest über den Boden, dass der Draht dort hängen blieb.

Was nun folgte, war grauenerregend.

Aus den Felsnischen klappten zottige Ungeheuer

mit bleichen Tierschädeln und Geweihen hervor. Wie Lanzen stießen die Gruselgestalten in den Gang und versperrten den Abenteurern den Weg.

Erschrocken wichen die Freunde zurück und hielten sich die Nasen zu, denn die schaurigen Tiere verströmten einen erbärmlichen Gestank.

„Uaaah … was ist denn das?“, stöhnte Dominik verblüfft.

Als die Detektive die Figuren musterten, schüttelten sie den Kopf. Die Wesen bestanden aus Holzstöcken, um die alte Tierfelle gewickelt waren. Auf die Spitzen hatte man die Schädelknochen von Rentieren gespießt.

Ole und Björn räumten die Geisterbahngestalten aus dem Weg. Langsam und auf alles gefasst steuerten sie nun auf das glänzende Wesen zu, das am Ende der Höhle stand.

Bei jedem Schritt schien die Luft kälter zu werden. Oder bildeten sie sich das nur ein?

Ein Gefühl der Ehrfurcht überkam die sechs. Es war, als würden sie verbotenes Gebiet betreten. Es gab da aber noch etwas, was ihnen zu schaffen machte. Es war der stechende Geruch, der die Höhle erfüllte. Er wurde stärker und stärker und ließ sie kaum noch atmen.

„Ich … ich halte das nicht mehr lange aus!“, keuchte Dominik und hielt sich ein Taschentuch vor Mund und Nase.

Die sechs Abenteurer hatten den Eiskalten Troll fast erreicht. Er stand in einer Felsnische und glänzte bläulich. Seine Augen strahlten im Licht der Taschenlampen. Er hatte ungefähr die Größe eines dreijährigen Kindes, und den Knickerbocken, Björn und Ole schien es, als würde er ihnen entgegengrinsen. Nur noch wenige Schritte trennten sie von der Figur.

Die Detektive hatten gar nicht damit gerechnet, tatsächlich einen Troll vorzufinden. Noch dazu einen aus Eis. Wie hatte er sich über so viele Jahre hinweg hier halten können? Im Sommer stieg die Temperatur in der Höhle sicherlich an. Der Troll hatte eine schuppige Oberfläche. Er zog die sechs Eindringlinge wie mit magischer Kraft an. Sie konnten ihren Blick nicht mehr von ihm wenden.

Fast eine Woche lang hatten sie ihn gesucht, hatten Gefahren auf sich genommen und nun endlich hatten sie ihn gefunden: den Troll, der einen Mann dazu getrieben hatte, seinen eigenen Vater umzubringen – den Troll, von dem das Leben einer jungen Frau abhing.

Lilo streckte ihre bloße Hand aus und ihre Fingerspitzen näherten sich zitternd der eisigen Statue. Mit ihren Fingerkuppen spürte sie die Kälte, die von dem Troll ausging. Lilos Finger glitten über die raue Oberfläche.

Langsam strich das Mädchen von der Trollstirn über die rubinroten Augen und die Nase zu dem breiten Mund und weiter zum Hals.

Der Troll strahlte eine unfassbare Kraft aus. Lilo konnte nicht mehr von ihm lassen. Ihre Hand schien festzukleben.

Axel beugte sich vor und tastete nach den Augen. Waren es echte Rubine? Er fühlte, wie ihn ein Kälteschauer durchrieselte.

„Aber das … das ist doch unmöglich! Nein!“, schrie Lilo plötzlich auf.

Poppi schlug die Hände vors Gesicht.

SCHWARZES GOLD

Der Troll begann sich zu bewegen! Er wankte zwar nur ganz wenig, aber durch Lilos Berührung schien er zum Leben zu erwachen. Atemlos starrten alle das eisige Wesen an. Es neigte sich, als wollte es eine Verbeugung machen, und – zerfiel in tausende Stücke. Glänzende, durchsichtige Splitter klirrten über den Höhlenboden.

Ehrfürchtig bückte sich Poppi und hob einen der Splitter auf.

„Wir … wir … hätten den Troll nicht anfassen dürfen!", hauchte Dominik.

Poppi befühlte die Scherbe und rief erstaunt: „He, Leute – das ist gar kein Eis. Das ist Glas! Das ist ein Stück einer zerbrochenen Flasche!"

Auch die Rubinaugen waren keine Edelsteine, sondern billige Glasperlen!

„Das ist ja ein Ding!", lachte Lilo. „Der Troll war nichts anderes als eine kunstvolle Bastelei. Jemand hat Glasscherben übereinandergestapelt und sie zu einer Figur zusammengeklebt."

Betroffen blickte Axel auf den Scherbenteppich, der ihn umgab. „Und wozu das alles? Ich sehe keinen Schatz, und hier ist Endstation!", brummte er enttäuscht. „Glaubt ihr, dass es noch ein Versteck gibt?"

Lilo nahm die Felsnische unter die Lupe. „Nein, da ist nichts mehr!", seufzte sie.

„Das war alles?" Dominik konnte es nicht fassen. „Dafür haben wir uns fast umgebracht? Soll das ein Witz sein? Mir kommt der Verdacht, dass dieser Bauer Gustavson hochgradig wahnsinnig gewesen sein muss!"

Axel bückte sich und tastete den Boden ab. „Lilo, sieh mal ... was sagst du dazu?"

Lilo hockte sich neben ihren Kumpel und untersuchte den Höhlenboden. Sie beugte den Kopf ganz tief hinunter und schnüffelte.

„Hier lagert schwarzes Gold!", verkündete das Superhirn. „Der Bauer hat schwarzes Gold entdeckt, das heute noch viel wertvoller ist als damals. Der, dem diese Insel gehört, hat für immer ausgesorgt. Ich weiß, dass im Meer, nicht weit von hier, ebenfalls schwarzes Gold entdeckt worden ist."

Poppi machte ein verwirrtes Gesicht.

„Erdöl! Poppi! Ich meine Erdöl! Hier tritt Erdöl an die Oberfläche. Das ist eine absolute Seltenheit, aber es kommt vor, wie man sieht. Vielleicht findet man hier ein großes Erdöllager, und das würde tatsächlich viel Geld bringen!", erklärte Lilo. „Sehr viel Geld."

„Irre, einfach irre!", staunte Axel.

Björn nickte aufgeregt. „Lilo, das passt alles zusammen. Im Fernsehen wurde in letzter Zeit mehrfach darüber berichtet, dass Forscher in dieser Gegend große Erdölvorkommen vermuten, aber bis heute das Geld für Probebohrungen nicht aufgetrieben werden konnte."

Sie hatten das Geheimnis um den Eiskalten Troll gelüftet!

Lilo wurde unruhig und sagte: „Wir sollten sofort zurück und Lars alles berichten! Wenn Eric nicht durchdreht, kann Lisa vielleicht noch rechtzeitig befreit werden."

Um fünf Uhr am Nachmittag trafen die Knickerbocker und Björn im Blockhaus der Familie Borten ein. Ole war mit seinem Helikopter nach Hause geflogen. Die Detektive waren völlig erschöpft. Dominik sagte zu seinen Eltern: „Falls ihr irgendwelche Strafpredigten halten wollt, merkt sie euch bitte bis morgen. Heute sind wir dafür schon zu geschafft!"

Frau Gustavson lag schwer krank im Bett. Die Ereignisse hatten sie geschwächt. Lars war dagegen wieder gesund und konnte nicht fassen, was die Detektive für ihn getan hatten.

„Wie kann ich euch das je danken? Ich weiß, dass diese und andere Inseln meinem Vater gehörten! Aber ich habe keine Ahnung, wie Eric das aufnehmen wird. Hoffentlich dreht er nicht durch. Die Polizei hat ihn noch nicht gefunden. Wenn er nur Lisa freilässt!"

Um sieben Uhr klingelte das Telefon. Lars hob sofort ab. Er wusste, dass es für ihn war. Er sprach kaum ein Wort und hörte aufmerksam zu.

Nachdem er den Hörer aufgelegt hatte, berichtete er: „Es war Eric. Er will mich heute um Mitternacht treffen. Er hat mir den Ort gesagt. Ich werde ihm alles erzählen. Er hat versprochen, Lisa mitzubringen. Aber die Polizei muss sich raushalten, sonst ... ist sie tot, weil er die Bombe erst entschärft, wenn er alles weiß. Er wird die Zeitschaltung auf ein Uhr einstellen. Und es darf niemand mit mir kommen. Bitte, haltet euch daran und ruft auf keinen Fall die Polizei!"

Alle waren damit einverstanden.

Später meldete sich die Polizeistation. Um das Leben seiner Freundin zu retten, log Lars den Polizisten an und behauptete, Eric hätte sich nicht gemeldet, und er werde Bescheid geben, wenn sich etwas Neues ereigne.

An Schlaf war in dieser Nacht nicht zu denken. Poppi und Lilo heizten die Sauna an und wärmten sich dort so richtig auf. Es tat gut, die Kälte der vergangenen Tage aus den Knochen zu vertreiben. Grübelnd schwitzten die beiden vor sich hin. Hoffentlich würde die Übergabe klappen! Alle bangten um das Leben von Lisa. Lilo hatte großes Mitleid mit Lars. Die Strapazen standen ihm ins Gesicht geschrieben.

Plötzlich aber durchfuhr es Lilo wie ein Blitz. Unter keinen Umständen durfte Lars heute allein weggehen! Sie mussten ihm – selbstverständlich unauffällig – folgen.

Lilo beschloss, sofort ihre Knickerbocker-Freunde zu informieren.

Björn ließ sie diesmal lieber aus dem Spiel. Er würde vielleicht nicht dichthalten. Lilo atmete schwer. Sie wusste, dass ihnen eine äußerst gefährliche Nacht bevorstand!

DIE WAHRHEIT KOMMT ANS LICHT

Gegen elf Uhr täuschte die Knickerbocker-Bande einen beeindruckenden Müdigkeitsanfall vor und zog sich zurück. Die Detektive baten aber Björns Eltern, sofort geweckt zu werden, wenn Lars zurückkehrte.

Bevor sie in ihre Dachkammer hochgingen, hörten sie noch, wie Lars Gustavson sich von Björns Vater das Auto borgte. Herr Borten hatte einen Geländewagen gemietet, da sein eigenes Auto noch in der Reparaturwerkstatt war.

In ihrem Zimmer formten die Knickerbocker aus Pullis und Hosen Körper und zogen die Decken darüber. Wer einen schnellen Blick in den Raum warf, hatte den Eindruck, dass die Kinder in ihren Betten lagen. Die Schlafgeräusche kamen wieder von der CD.

Nach diesen Vorbereitungen kletterten sie durch das Fenster hinaus und schlichen zum Wagen. Da das Auto nicht abgesperrt war, krochen die vier hinter die Sitze und versteckten sich unter einer mitgebrachten Wolldecke. Jetzt konnten sie nur noch abwarten.

Eine Viertelstunde später tauchte Lars auf und fuhr los. Das Ziel seiner Fahrt schien weit entfernt zu sein, denn er kurvte fast eine geschlagene Stunde durch die Gegend. Am heftigen Rumpeln erkannten die Knickerbocker, dass er auch über Feldwege fuhr und nicht nur auf ausgebauten Straßen unterwegs war.

Endlich hielt er an.

Dominik drückte den Lichtknopf seiner Uhr und zog erstaunt die Augenbrauen hoch. Es war bereits zwanzig Minuten nach Mitternacht.

Lars war nicht pünktlich!

Da stimmt etwas nicht!, dachte Dominik. Er muss doch wissen, dass er damit Lisas Leben aufs Spiel setzt!

Nachdem Lars ausgestiegen war, warteten die Knickerbocker noch eine Weile, bevor sie die Ladeklappe öffneten. Langsam glitten sie hinaus in die klirrende Kälte.

Einen Steinwurf von ihnen entfernt stand ein putziges kleines Holzhaus, aus dessen Fenstern Licht fiel.

Die vier schlichen sich nacheinander heran und hoben langsam die Köpfe. Sie blinzelten über ein Fensterbrett und lugten in ein kärglich eingerichtetes Zimmer mit weißen Wänden.

„Da ist ja Lisa!“, flüsterte Lilo.

Tatsächlich war die hübsche junge Frau in der Zimmertür aufgetaucht und lächelte. Sie war sehr vergnügt und drehte sich vor Freude im Kreis. Dabei streifte ihr Blick das Fenster, durch das die Detektive schauten.

Sofort verschwand sie in einem Nebenraum.

Die vier Knickerbocker gingen in die Knie und atmeten tief durch.

„Mist … so ein Mistkerl!“, schimpfte Lilo. Sie war erschüttert über das, was ihr schlagartig klar geworden war.

„Lars, der Unschuldsengel, ist der miese Hund! Er ist an allem schuld. Er hat bestimmt auch seinen Vater umgebracht. Er hat sich immer als Eric verkleidet, um den Verdacht auf seinen Bruder zu lenken und ihn hinter Gitter zu bringen. Er wollte den Schatz des Eiskalten Trolls unter keinen Umständen mit jemandem teilen!“

Poppi runzelte die Stirn. „Aber als wir beobachtet haben, wie Eric seine Mutter bedrohte, war Lars doch in Oslo!“

Lilo hob die Hände. „Eben nicht! Er hat behauptet, mit der Bahn gekommen zu sein. Aber wegen des Streiks fuhr gar kein Zug, und deshalb steht fest, dass er gelogen hat! Sein Telefon in Oslo hat er umleiten lassen. Wahrscheinlich sogar hierher. Das ist doch möglich.“

Das bedeutete, dass gar keine Entführung stattgefunden hatte!

Lisa hatte mit Lars gemeinsame Sache gemacht und versucht, Frau Gustavson auf diese Art unter Druck zu setzen. Sie wollten die arme alte Frau fertigmachen, damit sie endlich mit dem Geheimnis des Schatzes herausrückte.

Alles war nur Theater gewesen!

Lars war gar nicht von Eric niedergeschlagen worden. Alles Lügen! Er war mit Lisa gemeinsam ins Bauernhaus gegangen, hatte sich schnell als Eric verkleidet, Lisa mit dem Messer bedroht, das Haus angezündet und sich dann – wieder als Lars, angeblich bewusstlos und verletzt – von den Knickerbockern retten lassen. Und Lisa war inzwischen in ihr Versteck verschwunden.

„Und der Mann, der uns verfolgt hat – wer war das?“, fragte Axel.

Lilo überlegte kurz und meinte dann: „Ich glaube, das war der echte Eric. Er wollte uns vielleicht beschützen, weil er nicht wusste, was wir vorhatten. Er ist bestimmt aus dem Gefängnis ausgebrochen, um seine Unschuld zu beweisen!“

Plötzlich knirschte hinter den Knickerbockern der Schnee. Erschrocken sprangen sie auf und drehten sich um. Sie standen Angesicht zu Angesicht Eric gegenüber, der diesmal eine Pistole in der Hand hielt – sie war entsichert. Er lachte und sein roter Bart zitterte dabei.

„Gib die Maskerade auf!“, zischte Lilo. „Du bist Lars! Eric hat sich nämlich den Bart abrasiert und in vier Tagen kann er nicht so stark nachgewachsen sein.“

Wütend riss sich der Mann den Bart vom Gesicht. Es war tatsächlich Lars, der Lilo bitterböse anfunkelte.

Sanfte Augen! Von wegen! Aus ihnen sprühte blanker Hass.

Da wurde die Haustür geöffnet und Lisa trat über die Schwelle. Auch sie war mit einem Schlag wie ausgewechselt. Sie funkelte die vier böse mit ihren babyblauen Augen an.

„Ab ins Haus!“, befahl Lars. „Tempo!“ Er rief Lisa etwas zu, die daraufhin verschwand.

Lars trieb die Detektive wie Schafe vor sich her. Sie durchquerten den Vorraum und betraten ein größeres Wohnzimmer. Dort, an einen zerschlissenen Sessel gefesselt, saß ein alter, bärtiger und ziemlich abgemagerter Mann. Mit feuchten Augen blickte er die vier Freunde an.

„Wer ist das …?“, keuchte Dominik. „Wen halten Sie hier gefangen?“

Lilo hatte einen Verdacht und rief: „Herr Gustavson?“

Der Mann reagierte.

„Das ist der Vater von Lars und Eric“, erklärte Lilo. „Er ist gar nicht tot. Lars hat ihn hier festgehalten, um das Geheimnis des Trolls aus ihm herauszubekommen. Aber Herr Gustavson hat – meiner Meinung nach – dichtgehalten, damit sein missratener Sohn den Schatz nicht bekommt!“

Für diese Aussage bekam Lilo von Lars eine schallende Ohrfeige verpasst.

Lisa hatte ein Seil geholt und machte sich daran, die Knickerbocker zu fesseln.

„Lilo … wir müssen was tun!“, flüsterte Axel. Schon bekam auch er eine Ohrfeige, dass er zu Boden stürzte. Die Detektive waren vor Schreck wie gelähmt.

Was hatte Lars nun vor?

Als die vier fest verschnürt auf dem Boden hockten, holte Lars zwei Kanister und verschüttete den Inhalt im ganzen Zimmer.

„Benzin … das ist Benzin … er will das Haus anzünden und uns verbrennen!“, brüllte Axel, der völlig in Panik geraten war.

Lars unterbrach seine Arbeit und sagte seelenruhig: „Und alle werden denken, es war Eric!“ Bei diesen Worten bog er sich vor Lachen. „Er war immer der Böse und musste schon als kleiner Junge für meine Taten büßen. Man hat viele Vorteile, wenn man so aussieht wie ich und nicht so rothaarig und wild wie Eric!“

Lisa stand hinter ihrem Freund und legte ihm zärtlich die Hände auf die Schultern.

„Raus … wir müssen raus!“, keuchte Axel und versuchte auf die Beine zu kommen. Aber er war nicht nur gefesselt, sondern – wie seine Freunde – auch an einen Lehnstuhl gebunden. Es gelang ihnen nicht hochzukommen.

Lars und Lisa weideten sich an ihrem verzweifelten Kampf. „So ein Pech, dass ihr nicht gelernt habt, dass man seine Nase nicht in Dinge steckt, die einen nichts angehen!“

Mit diesen Worten zog Lars eine Schachtel Zündhölzer aus der Tasche.

GERETTET

„Adieu!“, lächelte Lars und ließ das Streichholz über die Reibfläche sausen. Es zischte und eine Flamme flackerte auf. Lars hielt das brennende Hölzchen in die Höhe und grinste.

Gerade als er es fallen lassen wollte, erlosch es. Dann sahen die Detektive zwei Hände, die die Köpfe von Lisa und Lars packten und einmal kräftig gegeneinanderschlugen.

Bewusstlos sanken die beiden Verbrecher zu Boden. Im Wohnzimmer stand, in seinen Zottelmantel gehüllt, Eric. Er riss sogleich die Fenster auf und ließ frische Luft herein.

Der alte Gustavson brach in Tränen aus. Sein Sohn befreite ihn und anschließend die Knickerbocker. Seinen Bruder und dessen Freundin zerrte er in den Keller und sperrte sie ein.

Wütend spuckte er vor der Tür aus.

Als die Knickerbocker ins Freie traten, entdeckten sie das Motorrad, auf dem ihnen Eric gefolgt sein musste. Der junge Gustavson verfrachtete seine Schützlinge in den Geländewagen und rannte noch einmal zurück. Mit den Wagenschlüsseln kam er wieder. Es ging nach Hause!

Die Überraschung im Hause Borten war grenzenlos, als Eric mit der Knickerbocker-Bande und seinem Vater auftauchte.

Frau Borten brachte Frau Gustavson die unglaubliche Nachricht schonend bei. Kurz darauf fielen sich die beiden alten Menschen weinend in die Arme. Sie teilten der Polizei mit, wo Lars und seine Komplizin abzuholen waren.

Björn übersetzte, was Eric zu berichten hatte: „Diese Lisa hat sich vor einem Jahr an mich herangemacht und so getan, als wäre sie meine Freundin. In der Nacht, als das angebliche Unglück mit meinem Vater geschah, hat sie mich betäubt und später geleugnet, dass sie bei mir war. Sie steckte schon damals mit Lars unter einer Decke. Ich wollte euch nie Angst einjagen … ich hatte Angst um euch! Ich wusste nicht, was Lars plante. Deshalb bin ich euch gefolgt!"

„Und vor ein paar Tagen, als wir Ihnen Ihr Auto weggeschnappt haben … was haben Sie da getan?"

„Ich habe ein anderes Auto angehalten … es ist zum Glück bald jemand gekommen und hat mich mitgenommen!", erzählte Eric. „Ich bin unschuldig und ich weiß, dass ich vielleicht bestraft werde, weil ich ausgebrochen bin. Aber ich wollte unbedingt meine Unschuld beweisen. Das Jahr im Gefängnis war die Hölle! Lars hat die Wahrheit gesagt. Er hat es immer so geschickt angestellt, dass er der nette Junge war und ich der böse. Dabei war es meist umgekehrt. Meine Mutter hat es dann fast durchschaut. Da ihr Lars mit seiner Maskerade jedoch immer wieder etwas vorgespielt hat, musste sie denken, dass ich der Schuldige war!"

„Das Wichtigste ist, dass die Wahrheit endlich ans Licht gekommen ist!", meinte Dominik. „Und wir alle können uns eines merken: Nur weil jemand verdächtig aussieht, muss er noch lange nicht der Täter sein!"

Lilo verdrehte die Augen: „Welch kluger Satz von dir, Dominik! Aber du hast ja so Recht!"

Herr Borten blickte von einem Knickerbocker

zum anderen und sagte: „Wir suchen doch noch eine gute Geschichte für unseren neuen Film. Wir sollten dieses Abenteuer der Kinder verfilmen!“

Die Bande war gleich damit einverstanden. „Und falls Fortsetzungen ins Auge gefasst werden sollten, ist das kein Problem! Wir sorgen schon dafür!“, lachte Lilo.

Frau Kascha stöhnte auf. „Bitte nicht!“

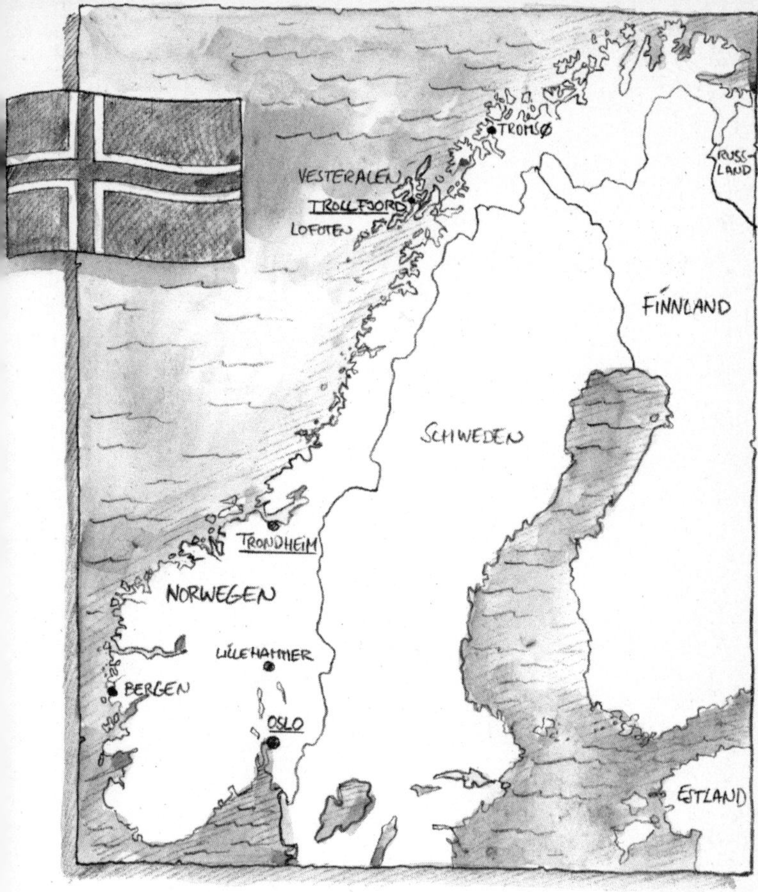
TROMSØ
RUSS-
LAND
VESTERÅLEN
TROLLFJORD
LOFOTEN
FINNLAND
SCHWEDEN
TRONDHEIM
NORWEGEN
LILLEHAMMER
BERGEN
OSLO
ESTLAND

DER KNICKERBOCKER BANDENTREFF

Werde Mitglied im Knickerbocker-Detektivclub!
Unter www.knickerbocker-bande.com kannst du dich als Knickerbocker-Mitglied eintragen lassen. Dort erwarten dich jede Menge coole Tipps, knifflige Rätsel und Tricks für Detektive. Und natürlich erfährst du immer das Neueste über die Knickerbocker-Bande.

Hier kannst du gleich mal deinen detektivischen Spürsinn unter Beweis stellen – mit der Detektiv-Masterfrage, diesmal von Dominik:

WERTER DETEKTIVKOLLEGE,

ich hatte es ja von Anfang an vorausgesehen: Lilo und Axel mit ihrem Blond-Koller! Der hat den beiden wirklich das Hirn vernebelt. Ich als erfahrener Schauspieler weiß natürlich, dass gerade die ärgsten Schurken blond und blauäugig sein können. Und so war es ja dann auch: Der gut aussehende Traumtyp Lars und seine sanftmütige Freundin mit den Bambiaugen waren richtig miese Verbrecher!

Ich vermute, dass auch du mit detektivischem Scharfsinn der Geschichte gefolgt bist. Sicher wird es dir also ein Leichtes sein, folgende Frage zu beantworten: Woher hatte Lilo das Tagebuch von Bosse Gustavson, in dem sich der entscheidende Hinweis auf die Insel mit der Trollhöhle befand?

Die Lösung gibt's im Internet unter **www.knickerbocker-bande.com.** *Achtung:* Für den Zutritt brauchst du einen Code. Er ergibt sich aus der Antwort auf folgende Frage:

Wie nennt man korrekt die Ureinwohner Nordnorwegens?

Code	
41735	Kurden
47153	Samen
45371	Lappen

Und so funktioniert's: Gib jetzt den richtigen Antwortcode auf der Webseite unter **MASTERFRAGE** und dem zugehörigen Buchtitel ein!

Auf ein baldiges Wiedersehen
dein

Dominik

HALLO THOMAS!

Wolltest du schon immer Schriftsteller werden?
Zuerst wollte ich Tierarzt werden, aber ich habe beim Studium schnell erkannt, dass das kein Beruf für mich ist. Geschichten habe ich mir immer schon gerne ausgedacht und geschrieben habe ich auch gerne. Allerdings nicht in der Schule, denn meine Deutschlehrer waren immer nur auf Fehlerjagd. Geschrieben habe ich mehr für mich und durch viele Zufälle ist aus dem Hobby ein Beruf geworden.

Wie lange brauchst du für ein Buch?
Ganz unterschiedlich. An guten Tagen schaffe ich etwa 20 Buchseiten. Es gibt auch Tage, an denen ich nur wenig schaffe. Trotzdem setze ich mich immer hin. Ich höre übrigens immer mitten im Satz zu schreiben auf.
Am nächsten Tag fällt das Anfangen dann viel leichter.

Erfindest du alles, was in deinen Büchern steht, oder recherchierst du viel?
Natürlich recherchiere ich, wenn es das Thema verlangt. Sehr gründlich. Das ist auch wichtig für mich, weil ich mich sonst beim Schreiben nicht sicher fühle. Zum Recherchieren bin ich schon U-Boot gefahren, durfte einmal als Flugschüler ein kleines Flugzeug steuern, habe einen Sturzflug miterlebt, Tierpfleger bei der Arbeit begleitet, lange

Gespräche mit Tierschützern geführt und viele Städte und Länder bereist. Die Geschichten selber entstehen natürlich in meiner Fantasie.

Woher nimmst du eigentlich deine Ideen?
Hm, das ist mir selbst ein Rätsel. Sie kommen ganz einfach. Ich ziehe Ideen an wie ein Magnet … Ich halte Augen und Ohren weit offen und fange sie auf diese Weise ein. In meinem Kopf reifen sie dann. Manche ein paar Wochen, andere ein paar Jahre. Von 1000 Ideen setze ich aber nur vielleicht 30 um. Ich sammle ständig und überall. Oft genügt ein winziger Anstoß und auf einmal wächst daraus die Geschichte.

Entstehen deine Geschichten erst beim Schreiben am Computer oder hast du sie schon vorher ganz genau in deinem Kopf?
Mehr als zwei Drittel sind fertig, wenn ich mich zum Schreiben hinsetze. Ich notiere jede Idee in einen Mini-Computer, den ich immer dabeihabe, aber nur aus einigen werden dann Geschichten. Manchmal braucht das „Wachsen" ein paar Wochen, manchmal ein paar Jahre.

Was ist das für ein Gefühl, wenn man so bekannt ist?
Ich finde es toll, wenn ich Briefe und E-Mails von Lesern bekomme, die mir erzählen, wie viel Spaß und Spannung sie beim Lesen hatten. Das ist für mich ein wunderbares Gefühl. Schließlich schreibe ich nicht, um bekannt zu sein, sondern weil es für mich die tollste Sache der Welt ist.

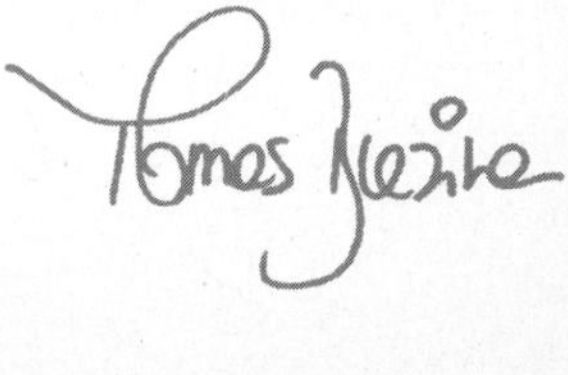

LESEPROBE

Die Knickerbocker holten ihre Fahrräder aus einem Gebüsch am Rande der Zufahrtsstraße. Es waren ziemlich alte, verbogene, klapprige Räder, mit denen die vier daheim bestimmt nie gefahren wären.

Auf der Rückfahrt in den Ort radelte Dominik mit Lilo auf gleicher Höhe.

„Wir befinden uns in Transsilvanien“, sagte er so, als könnte er es noch immer nicht ganz glauben. „Ich muss zugeben, ich habe erst durch Lunas Einladung entdeckt, dass es Transsilvanien tatsächlich gibt. Vorher habe ich es für einen erfundenen Ort gehalten.“

Lilo lächelte. Ihr war es ebenso ergangen.

Transsilvanien war ein Landstrich in Rumänien, einem schönen, aber sehr armen Land. Viele Jahre lang war die Bevölkerung von einem Diktator unterdrückt worden, einem wahren Schreckensherrscher. Schließlich hatte man ihn gestürzt, doch die Armut war geblieben.

Die kleine Stadt – eigentlich war es fast nur ein Dorf –, in der sich der Gasthof befand, bestand aus vielen alten Häusern. Die meisten waren weiß gestrichen und hatten hohe dunkle Dächer, die sie ein bisschen wie Riesenpilze aussehen ließen.

Die vier Knickerbocker bewohnten Zimmer im Gasthof Zum blauen Ochsen. Sie befanden sich in einem Nebengebäude, waren winzig und ungemütlich. Das Bettzeug roch nach Küchendunst und war feucht und klamm, die Matratzen hingen fast bis zum Boden durch. Außer zwei riesigen Betten gab es in jedem Raum nur einen mächtigen dunklen Eichenschrank, der an einen bulligen Muskelprotz erinnerte.

Statt eines Badezimmers hatten die vier Knickerbocker in jedem Zimmer eine Waschschüssel und einen Krug mit kaltem Wasser vorgefunden. Die Handtücher, die an Ständern hingen, waren hart und kratzten auf der Haut wie Schmirgelpapier.

Die Knickerbocker-Bande regte sich über all das aber nicht auf. Die Wirtsleute waren nämlich ganz besonders freundlich und bemühten sich sehr um sie. Beide sprachen Deutsch, da sie von deutschen Familien abstammten, die vor vielen Jahren in Rumänien eingewandert waren. Sie taten alles, um die vier jungen Gäste zu verwöhnen. Allerdings waren sie arm, wie alle anderen Bewohner des Dorfes.

Im Hof stellten die vier Freunde die schweren Räder neben einem Fass ab, aus dem ein säuerlicher Geruch strömte. Mit einer Hand hielt sich Axel die Nase zu, mit der anderen hob er den Holzdeckel des Fasses.

„Sauerkraut“, stellte er überrascht fest. „Habe noch nie ein ganzes Fass davon gesehen.“

Es war mittlerweile dunkel geworden. Durch die gelblichen Butzenscheiben der Gaststube fiel ein schwacher Lichtschimmer.

„Wie geht es euch? Ich habe ziemlichen Kohldampf!“, sagte Lilo.

„Ein bisschen was kann ich schon vertragen“, meinte Poppi.

„Ich auch, aber ich möchte vorher noch mal versuchen, Luna zu erreichen.“ Axel sah Dominik fragend an, denn ihm gehörte das Handy. Dominik öffnete die Tür, hinter der sich der Aufgang zu den Zimmern befand.

„Geht voraus, wir kommen gleich nach."

In der Gaststube duftete es herrlich nach Essen. Hinter der Theke stand Herr Chagill, der Wirt, und putzte Gläser. Als die beiden Knickerbocker eintraten, rief er in Richtung Küche: „Martha, die Kinder sind zurück. Bring das Essen, sie sehen so hungrig aus wie die Wölfe."

„Guten Abend!", grüßten Lilo und Poppi.

„Wie war eure Radtour? Habt ihr euch das Drakula-Schloss angesehen?", erkundigte sich der dicke Wirt.

„Ja … wir waren dort", antwortete Lilo nach kurzem Zögern. Sie wollte herausfinden, was Herr Chagill über das Schloss wusste.

Aus der Küche kam seine Frau. Dominik hatte ihr bereits am ersten Abend den Spitznamen „Fässchen" gegeben, da sie ihn ein bisschen an ein Fass erinnerte. Frau Chagill hatte kein Doppel-, sondern sogar ein richtiges Dreifachkinn und kurze, speckige Finger.

Wenn die vier Knickerbocker mit großem Appetit aßen, strahlte die Wirtin, als hätte sie sechs Richtige im Lotto.

„Lasst es euch schmecken!", sagte sie glucksend und stellte zwei große Schüsseln auf den Tisch. In einer türmten sich goldgelbe Bratkartoffeln, in der anderen lagen vier dünne Würstchen.

„Mehr habe ich leider nicht“, fügte sie entschuldigend hinzu.

Als kurz danach Dominik und Axel sich zu ihnen setzten, sagte ihr Gesichtsausdruck alles.

„Du hast sie nicht erreicht, stimmt’s?“, fragte Lilo Axel.

„So ist es!“

Die beiden Jungen schaufelten sich Bratkartoffeln auf die Teller und begannen hungrig zu essen.

Mit vollem Mund fragte Axel die anderen: „Hat einer von euch einen blassen Schimmer, was sich in diesem Schloss abspielt?“

Allgemeines Kopfschütteln.

Lilo legte die Gabel kurz weg und meinte: „Ich glaube eigentlich nicht, dass den Teilnehmern an dieser Schatzsuche etwas Schreckliches geschieht.“

Poppi hob fragend die Augenbrauen. „Was macht dich da so sicher?“

„Dieser komische Graf Drakul wäre doch nicht im Fernsehen aufgetreten, wenn er krumme Dinge planen würde. Dann hätte er schließlich gleich die Polizei anrufen und sagen können: Bitte, kommt und schnappt mich!“

Dominik war anderer Meinung. „Keiner weiß, wer dieser Kerl wirklich ist."

„Vielleicht ist bei Spielbeginn allen Schatzsuchern ganz einfach das Handy weggenommen worden, damit sie nicht mogeln können, so wie Luna das eigentlich vorgehabt hat", sagte Axel.

„Und was ist mit dem Vampir? Hast du den vergessen?", fragte ihn Poppi.

Axel schüttelte den Kopf. „Es gibt da außerdem die dreizehn Särge. Wozu sind die da? Was ist drin?"

„Frag lieber, was hineinkommen soll!", sagte Dominik mit gesenkter Stimme.

„Irgendwie muss es doch möglich sein, in dieses Schloss zu gelangen", überlegte das Superhirn. „Ich will unbedingt rein und mit Luna reden. Ist alles in Ordnung, können wir uns abregen. Sollte aber irgendeine krumme Sache laufen, dann müssen wir etwas unternehmen."

„Und wie sollen wir das anstellen?", wollte Axel wissen. „Möchtest du an dieser Pforte lauern, bis der Vampir wieder herauskommt?"

„Nein, das kann es nicht sein." Lilo seufzte.

Dominik winkte Herrn Chagill und bat ihn, sich zu ihnen zu setzen.

„Waren Sie schon einmal in diesem Drakula-Schloss?“, fragte er ihn sofort.

Der Wirt wischte sich die Hände an der fleckigen Schürze ab und lachte trocken. „Gott behüte, nein, war ich nicht. Aber ich habe auch gar keine Lust dazu. Das Schloss ist als eine Art Gruselkabinett gebaut worden und dafür habe ich wenig übrig.“

Seine Frau trat neben ihn, legte ihm die Hand auf die Schulter und kicherte: „Mein Joki ist ein kleiner Angsthase, müsst ihr wissen. Wenn es in der Nacht im Hof klappert, muss immer ich ans Fenster gehen und nachsehen, was los ist.“

Lilo und Poppi grinsten breit. Herr Chagill aber machte eine energische Handbewegung, um seine Frau zum Schweigen zu bringen. Ihm war das, was sie sagte, sehr peinlich.

„Stimmt alles nicht“, erwiderte er mit hochrotem Gesicht.

„Moment, wieso wurde das Schloss wie ein Gruselkabinett gebaut?“, forschte Dominik weiter.

Frau Chagill stieß ihren Mann mit der Hüfte zur Seite, damit er ihr auf der Bank Platz machte, und ließ sich nieder.

„Das ist so: Einen Graf Drakula hat es nie gegeben“, sagte sie.

Dominik nickte. „Er ist die Erfindung des irischen Schriftstellers Bram Stoker."

„Richtig! Aber es gibt ein Vorbild für Drakula. Nämlich Vlad Tepes. Er war vor über fünfhundert Jahren Herrscher der Walachei. Es gibt keinen Beweis dafür, dass er ein Vampir war. Sicher ist aber, dass er sehr blutrünstig und grausam war. Was er mit seinen Feinden getan hat, ist so schrecklich ..." Frau Chagill schüttelte sich schon beim Gedanken daran.

Die Knickerbocker verzichteten darauf, sich nach Einzelheiten zu erkundigen.

Die Wirtin nahm Lilos Wasserglas und trank es in einem Zug leer. „Graf Drakul, der Erbauer des Schlosses, war mit Vlad Tepes nicht einmal verwandt. In Wirklichkeit kam er aus England und war nur ein begeisterter Leser der Drakula-Romane. Vor ungefähr hundert Jahren ließ er sich dann dieses Schloss bauen."

„Verstehe!", sagte Lilo interessiert.

„Das Schloss soll sehr unheimlich sein. Es gibt Geheimgänge, versteckte Zimmer, Türen, die wie von Geisterhand bewegt auf- und zugehen, Kronleuchter, die herunterfallen, Lichter, die auf rätselhafte Weise aus- und angehen, und vieles mehr", fuhr Frau Chagill fort. „Alles eben, was für ein richtiges Gruselkabinett nötig ist."

Ihr Mann holte tief Luft und versuchte, auch einmal zu Wort zu kommen.

„Der Engländer hat es geliebt, seine Freunde einzuladen und mit ihnen Gruselfeste im Schloss zu feiern. Seinen richtigen Namen haben wir vergessen. Er selbst hat sich immer Graf Drakul genannt", erklärte der Wirt.

„Aber das ist doch schon so lange her. Dieser Graf Drakul kann doch längst nicht mehr leben", meinte Axel.

Die Wirtin nickte und sagte: „Das Schloss hat immer wieder eine Zeit lang leer gestanden. Alle paar Jahre sind neue Leute gekommen und haben einige Wochen dort verbracht. Der neue Graf Drakul, der das Schloss jetzt bewohnt, ist vor einem Jahr aufgetaucht."

„Was wissen Sie über ihn?", fragten die Knickerbocker gespannt.

Herr und Frau Chagill sahen einander an und zuckten dann mit den Schultern.

„Nicht viel. Wir wissen nur, dass er sich wieder Graf Drakul nennt. Ein paar Leute aus dem Dorf haben im Schloss einiges reparieren und herrichten müssen und sind gut bezahlt worden. Sie haben erzählt, wie gruselig es drinnen ist“, antwortete die Wirtin.

Ihrem Mann fiel noch etwas ein: „Vor einigen Wochen sind viele Lastwagen durch das Dorf zum Schloss gefahren. Auf allen war ein buntes Zeichen. So ein verschlungenes Ding aus roten, grünen und blauen Balken. Sie kamen und fuhren am nächsten Tag wieder fort.“

„Bleibt noch immer die Frage, wie wir in das Schloss kommen.“ Nachdenklich knetete Lilo ihre Nasenspitze. Sie bildete sich immer ein, dadurch ihre Grübelzellen besonders gut zum Rotieren zu bringen.

„Kinder, bleibt draußen! Das Schloss ist wirklich nichts für euch!“, warnte sie Frau Chagill. „Ihr würdet euch bestimmt nur fürchten.“

„Wir haben schon ganz anderes erlebt“, meinte Axel großspurig.

Unter dem Tisch versetzte Lilo ihm einen Tritt. Luna hatte die Wirtsleute nämlich beauftragt, ein wachsames Auge auf die Bande zu werfen. Herr und Frau Chagill durften nicht unnötig beunruhigt werden. Sonst nahmen sie das mit dem Aufpassen vielleicht zu ernst.

Satt und müde lehnten sich die vier Freunde zurück. Keiner sprach es aus, aber alle wussten es: Ihre Neugier auf das Schloss des Grafen Drakul war noch größer geworden. Sie mussten hinein. Unbedingt. Kein Weg war ihnen zu beschwerlich und jedes Mittel recht.

Auszug aus
„Das Gold des Grafen Drakul"
von Thomas Brezina
Krimiabenteuer Nr. 54
ISBN 978-3-473-47128-7